目次

これで暮らす

群 ようこ

角川文庫
23987

御飯を鍋で炊く——STAUB、土鍋

二十四歳でひとり暮らしをはじめたとき、炊飯器を持っていたか記憶にない。家を出たら玄米食にしたかったので、圧力鍋で毎日御飯を炊いていた。新しい電化製品を買う余裕もなく、周囲の方々から様々なものはいただいたが、電気炊飯器はもらった記憶もない。だから家にはなかったと思う。

食べていたのは玄米小豆御飯で、玄米と小豆を鍋に入れ、水加減をして圧力をかけ、沸騰したら火を弱め、時間が経ったら火を止めて圧力が抜けるまで放置。タイマーをかけて時間を計るだけで、鍋の前につきっきりでいる必要もない。電気炊飯器よりは少し手間はかかるが、このときから私は、御飯は鍋で炊く習慣がついてしまったのだった。

私の印象では、お米を食べるよりも、パン食のほうが多くなり、家で御飯を炊く人は段々少なくなっているような気がしている。スーパーマーケットでは、惣菜だけではなく、御飯のパックを買っている人が多い。それに加えて焼き魚、煮物、おひたしまで、家族全員分なのか、四パックずつ購入し、買い物カゴが山のようになっているおばさんもいた。そういう姿を見て、今は御飯も買う時代になったのだなとわかった。コンビニのおにぎりも種類が豊富になり、多種多様な弁当も買えるようになり、外部調達はより簡単になった。ひとり暮らしの学生でも、包丁はなくても電子レンジは持っているのだろうし、パック入りの御飯が重宝されるのはとてもよくわかる。

その一方では高額な電気炊飯器が売り出されている。私が圧力鍋で玄米小豆御飯を炊いていたときは、たしか玄米が炊けるような炊飯器はなかったと思う。しかし今は玄米、酢飯、炊き込み御飯など、様々な炊飯モードが選択できるらしい。最初は、

「みんな生活が大変だっていっているのに、こんな商品が売れるのだろうか」

と思っていたら、次から次へと新技術が導入され、内釜(うちがま)に炭やダイヤモンドが練り込まれているとか、銅製とか、いろいろと宣伝されていた。釜だけではなく炊き方にも技術が導入されて、食べる人の好みが反映できるようになってきた。家電に詳しい人が、かための御飯が好みの人はこの炊飯器、柔らかめが好みの人は、こちらの炊飯器と、好みによって機種を薦めていて、

「ここまで細分化されているのか」

と感心した。

価格も五万、六万でびっくりしていたら、十四万という値段の炊飯器まで登場したらしい。もちろん購入するのは、懐に余裕のある人に間違いないのだが、高額の炊飯

器の購入者は中高年世代が多く、家でおいしい御飯を食べたいという層に売れているようだ。蒸気炊飯器が何年待ちという話も耳にした。家で料理を作る人が少なくなったのに、冷蔵庫は巨大化し、炊飯器は高額になる。それだけ需要があるから、メーカーも新製品を発売するわけで、他の分野でもそういった傾向があるが、食べ物を作るという行為も二極化してきたのだ。

高額な炊飯器が出はじめた頃、一人で暮らしている実家のお母さんのために、友だちがその炊飯器をプレゼントした。するとお母さんは、これまで使っていた炊飯器で炊いた御飯と全然ちがって、とてもおいしいと喜んでいたのだそうだ。それをその友だちから聞いた私は、あれだけの値段だから、やっぱり違うのかと感心したが、買い替える気にはならなかった。

当時、私はすでに玄米食はやめ、友だちからもらった土鍋で胚芽米御飯を炊いていた。自分で買うには躊躇(ちゅうちょ)するような金額のものだった。今は小さいものもあるようだが、当時は三合炊き以上しかなかったような気がする。その三合炊きで一人分の御飯を炊いて、おいしく食べていたが、とにかく厚手で大きくて重くてぼってりしているため、洗うのも一苦労だった。それをしばらく使っていたが、床に落として壊し、使えなくなってしまった。

そこで緊急に、煮物用に使っていたル・クルーゼの鍋で御飯を炊きはじめたが、うまく炊けるようになるまで、なかなか火の調節が難しく、鍋の前に立つ時間が多くなった。その話を知り合いにすると、よく食事に行く和食店が使っている土鍋をわけてもらってあげるといってくれた。そして私の手元に届いたのが、大黒窯の「大黒ごはん鍋」だった。ぼってりした厚手の土鍋と違い、萬古焼なので薄手で軽い。内蓋と外蓋がついていて、蓋をするときに、内蓋との穴の位置を九十度にするのがコツだと教えてもらった。また店で炊くときは、外蓋の円周に沿ってふきんを巻いて余分な水分を吸い取らせているので、そうしたほうがよりいいかもといわれたが、面倒くさいのでやらなかった。本体、内蓋、外蓋とも破損したらそのパーツのみ売ってくれるのもよかった。お支払いしたのは四千円くらいだった。

　この鍋が便利だったのは、火加減が一切いらないことだった。私は二合炊きの大きさで一合半を炊いていた。白米半合、五分搗き米一合の割合である。三十分吸水させ、炊く直前にアマランサス、稗、もちあわなどの雑穀を少量ずつ入れて、水加減をして中火にして十五分経ったら火をとめ、蒸らして十分から十五分程度経ったら出来上がり。点火して三十分足らずで炊きたての御飯が食べられる。電気炊飯器の詳しい炊き上がりの時間は知らないが、それよりも早いのではないかと思う。だから鍋で御飯を炊くほうが便利で、ずっと炊飯器を買わないで来た。食べ比べたらこの鍋で炊いた御飯よりも、高額炊飯器のほうがおいしいかもしれないが、私はこの土鍋で炊いた御飯で不満はないので、それでよかったのである。

少しこびりつきはしたものの、洗うのも楽だし、このままずっと使うのだろうと、二十年近く使っていたが、最近、もうちょっと小さめの鍋のほうがいいかなと思うようになってきた。一合半を炊くとどうしても何日かに分けて食べるようになる。うちには電子レンジがないので、冷凍したものを蒸して解凍していたが、一度に食べる量も減ってきているし、炊く分量による鍋のベストサイズがあるので、もう少し小ぶりな鍋はないかと探していた。

私はふだんはデパートはデパ地下と呉服売り場しか用事がなく、他の売り場を見ることはまずないのだが、その日は約束をしていた時間よりも早く着いたので、キッチン用品売り場をのぞいてみた。そこで目が釘付(くぎづ)けになってしまったのが、STAUBの「ラ・ココット de GOHAN」だった。雑誌でSTAUBで御飯を炊いている写真を何度も見たことがあった。鋳物の厚手鍋で御飯炊きに適しているのは知っていたし、きっとおいしく炊けるのだろうなと思ってはいたが、うちには便利な土鍋があった。それにちょっとごつくてキャンプに使うような雰囲気で、深緑やグレーといった色合いにも、あまり興味がそそられなかった。

しかし売り場にあったのは、ちんまりと丸みのある形でとても愛らしい。御飯がおいしく炊けるように羽釜を意識した形にしたそうである。おまけに鍋の色が、見たことがない深い赤い色。グレナディンレッドというそうである。銀色のつまみも愛らしい。値段が書いてある説明書きを見ると、Sサイズが一合炊きだった。鋳物のル・クルーゼも、あるときから重さを感じるようになり、鍋の質はよかったが、炊飯に使うのはやめてしまったのだった。

試しにその小さな鍋を手に取ってみたら、たしかに重さは感じるけれども、収まりがいいので、負担にならずに扱えそうだった。再び元の場所に戻し、少し離れてじーっと眺めていたが、

「やっぱりかわいい」

とほとんど衝動買いで、その鍋を買ってしまった。残念だったのは鍋のサイズが小さいので、つまみをかたつむり、鶏、豚、牛、魚といったアニマルノブに付け替えられなかったことだが、まあ仕方がない。そのために大きめの鍋を買うつもりもないので、

「このノブ、かわいいな」

とインターネットで画像を眺めている。

これまで使っていた大黒ごはん鍋は、具材たっぷりの炊き込み御飯や煮物に使えるので、そのまま残し、これからはラ・ココット de GOHANの御飯炊きに慣れなくてはならない。まず使う前にシーズニング（ならし）をする必要があり、湯で洗っ

て乾燥させた後、家にあった胡麻油風味が少ない、太白胡麻油を使ってシーズニングをした。その方法は内側の全体に油を塗って弱火にかけ、焦がさないように数分間熱し、余分な油を拭き取っておく。鍋の内側の艶がなくなってきたら、シーズニングをしたほうがいいらしい。シーズニングをせずに使い続けると、内側が乾燥して白っぽくなったり、焦げ付きやすくなるようだ。大黒ごはん鍋については手入れなどせず、とにかくほったらかしだった。ただ内側、外側を洗って拭いて使っての繰り返しだったので、その点新しい鍋はちょっと面倒くさい。でもこれもまた気に入って購入した鍋に対する愛情と考えて、こまめにやろうと決めた。

水加減は白米一合の場合、百八十ミリリットル。これまでの土鍋に比べてやや少なめだ。水を入れて三十分吸水させた後、炊飯に入る。十分間かけて弱火でゆっくり沸騰させなくてはならないのだが、このとき蓋はしない。そして沸騰したら軽くかき混ぜて、蓋をしてまた弱火で十分、そして十分蒸らして出来上がり。合計三十分で、時間はほぼ前の土鍋と同じだが、点火をしたらほったらかしというわけにはいかない。これくらいの手間は、どうってことはないけれど、御飯を炊くときに、沸騰するまで蓋を開けておく方法は今までしたことがなかったので、興味津々だった。

実際にやってみると、吸水させた時点ですでに水のほとんどがなくなっていた。これでいいのだろうかと不安になりつつ、とりあえず十分間で沸騰するであろうと予測した弱火にかけて時間を計る。七分くらいで沸騰しかけたのであわてて火を弱め、メーカーの炊飯動画で見たよりも、明らかに水分が少ない気がしたので、ちょっとずつ水を足してみた。画像で見たのと同じくらいの水分量にして十分で沸騰させ、軽くかき混ぜてあとは同じ火加減のまま蓋をして十分。ところがあまりの弱火で火を使い続けたもので、うちのガス台のセンサーが働いて、途中で火が止まってしまった。安全性に関しては喜ばしいが、こういう場合はちょっと鬱陶しい。あわてて点火し直して指定どおりに炊いてから十分蒸らす。ふきこぼれなどはまったくなし。以前の土鍋のときは、

「もうすぐ炊き上がりまーす」

と知らせるように、四分ほど前にかたかたと鍋の蓋が動いていたが、こちらは静かである。

一体どうなっているのかと蓋を開けてみたら、ぴかぴかに光った御飯が炊き上がっていた。私が水を足してしまったせいか、少し柔らかめだったが、米粒はつぶれてはいない。天地返しをすると底のほうがうっすらと茶色くなっていたものの、鍋肌へのこびりつきは一切なし。これでだいたいわかったので、次は水の量を指定のままで、もうちょっと沸騰するまでゆっくり火が通るように、火加減を考えれば何とかなりそうだ。しかしそのためには、火加減を調整するガス台にのせるマットがあったほうが

いいかもしれない。

ほったらかしというわけにはいかず、一手間、二手間かかるけれども、今の私がふだん食べる御飯を炊くには、これくらいの大きさの鍋がちょうどいい。これからまた楽しみが増えたと、ここ何日かは、おいしい御飯を食べ続けているのである。

昔ながらの文房具——万年筆、消しゴム

私は原稿はパソコンで書いて、メールで送信しているけれど、手で文字を書くのは大好きだ。仕事をはじめた頃は、一般人が使えるようなワードプロセッサーもなく、原稿用紙に鉛筆か万年筆で手書きだったので、文章の入れ替えがあったりすると、本当に大変だった。時間があれば清書をするが、だいたいが締切ぎりぎりまで遊んで、お尻に火がついてあわてて書くというのを繰り返していたので、ほとんど下書きに近いものを、編集者に渡すことも多かった。そんな原稿を渡された編集者も、

「ここの部分、前に移動させる」

などと枠取りしたうえ、原稿用紙の上にぐじゃぐじゃに書き込まれた、蛇行した指定の線をたどらされ、整理するのが大変だったと思う。それからワードプロセッサーが普及するようになって、文章の移動、挿入、削除等が簡単にできるようになったし、原稿用紙を使っているときは確認しづらかった、総枚数がわかりやすくなったのも助かった。そして原稿をファクシミリで送れるようになったのも画期的だった。

ワードプロセッサーとファクシミリだけでもすごいと驚いていたのに、まさかパーソナルコンピュータというものが世の中に登場し、原稿を書いて簡単な操作をすれば、

そのまま編集者に原稿が送れる日が来るなんて、想像もしていなかった。そしてとても便利になった書く日常を送っていた結果、私の書く字は年々、下手くそになっていった。

原稿用紙に手書きのときは、最初は縦の中心がうまくとれず、文字列がゆがんでいるし、文字にも大小があるのだけれど、書き進むにつれて手が慣れてくるのか、文字の大きさも整い、行がゆがむこともなく、自分でもなかなかいい字が書けたとうぬぼれるような文字になった。書いているうちに、文字を書く訓練になっていたのかもしれない。

今でも原稿を書くのに、手書きにしたいとふと考えるのだけれど、右手に筆記具を持つのが、結構、辛（つら）い。キーボードは両手を平均的に使うので、手書きに比べてはるかに疲労が少なくなった。その楽さを知ってしまうと、肩や腕がぱんぱんになってしまう手書きには戻れない。しかしやはりどうしても手で書くという作業は、私の生活でなくしたくないので、スケジュールの管理、覚書はパソコンではなく、すべて手帳に手書きにしている。

私が子供の頃は、字を書く道具といったら、鉛筆、つけペンとインク、万年筆くらいしかなかった。小学校に入学したときはまず丸い軸のかきかたえんぴつを使った。ボールペンはまだ普及しておらず、それから三、四年して文房具店で買えるようになり、三色が一体化した三色ボールペンは憧れだった。当時、吉祥寺駅前の市場のなかに、海外の雑貨を売っている小さな店があり、そこで中国製の「英雄」という万年筆を両親に買ってもらって、とてもうれしかった記憶がある。しかし鉛筆に慣れている私には、ちょっと書くのが難しく、たまに机の引き出しから取り出して、自分の名前を書く程度で満足していた。

小学校の高学年になると鉛筆の人気は廃れ、かっこいいのは何といってもシャープペンシルだった。しかし学校からは持ってくるのを禁止された。まっさきに買って学校に持ってきた男子が、それをみせびらかしたので、先生が禁止にしたのだ。中学生になるとおおっぴらにシャープペンシルが使えるようになったので、それ一辺倒だった。鉛筆のように削る面倒がないのと、ノートに書くときに鉛筆と違って、最初から最後まで文字の太さがほとんど変わらないのもよかった。三色ボールペンも解禁になり、自分のノートにあれやこれやと註釈をつけたりして、勉強をした気になっていた。それ以降も日常的に使うのは、シャープペンシル、ボールペンに変わっていった。

社会人になって、便利に使っていたのはボールペンだった。あれこれ試した結果、BICのやや太めの柔らかい書き心地と、鮮やかな黄色い軸のデザインが好きだったので、黒、赤、青と揃えて持っていた。そして零細出版社に就職して、原稿も書くようになってからは、海外、国内のメーカーの万年筆を使ってみた。しかし締切が迫ってくると、インクを補充する時間すらもったいなくなり、途中から鉛筆に持ち替えて書いていた。それからは原稿を書きはじめる前に、数本の鉛筆を削って用意しておき、途中で削らなくてもいいようにしておくのが習慣になった。その後、キーボードの登場で、原稿を書くときに筆記具を手にすることはなくなったのだった。

　最近は海洋プラスチック、マイクロプラスチックの被害を知ってから、うちにあるプラスチック製品をなるべく排除しようと努力しているものの、プラスチックだらけで悩ましいのは、文房具も同じである。手紙を書いたり、書類にサインをしたり、校正をするときにはジェルボールペンを使っていた。こちらは替え芯が売られていて、インクがなくなったら芯を買えばいいのだが、長い間使っていると、本体が劣化してきてとてもみすぼらしくなる。するとまた新しいものを買うことになり、これを続けていていいのかなと考えるようになった。そこで今使っているもののインクがなくなったら、替え芯は買わずに、鉛筆は使えない契約書などの書類に関しては、万年筆に移行しようと考えている。しかし複写式の書類は相変わらず多いので、その際はボールペンを使うしかない。

　また最近の紙類はインクがのるように作られておらず、いつまでもインクが紙にしみこまなかったり、逆にしみこみすぎてにじんだり、万年筆で書きやすい紙が少なくなった。特に手帳はそれが顕著で、万年筆を使うと裏写りするものが多く、体裁が気に入ってもあきらめざるをえないものがたくさんあった。万年筆を使うと吸い取り紙が必要なのだが、近所の文房具店には置いていなかった。その店にはボトルインクもなかったので、取り扱いがないのも当然だった。出かけたついでに、都心の大きな文具店で買ってきたのだが、昔と比べて万年筆を使う人が少なくなったので、世の中で求められている紙の質や、それに付随する用品も変わってきたのだろう。

鉛筆は昔から三菱ハイユニを使っている。ユニもあるけれど、軸のお尻に金の輪がついているハイユニのほうが、私には書き心地がいい。芯は柔らかいほうが好きなので、4Bと6Bを一ダースずつ購入して使っている。ずいぶん前に、亡くなられた赤瀬川原平さんが、使い尽くした一センチほどに短くなった鉛筆を捨てずに集めている写真を、驚いて見た記憶があるが、私はそこまでいかない。鉛筆ホルダーを使って出来る限り使ってはいるが、そこまで短く使えなかった。

日常に鉛筆を使うようになってから、削るものが必要になり、家ではカッターで削るからいいのだが、打ち合わせ先で芯が折れたりすると困るので、卵くらいの大きさの鉛筆削りを持ち歩いていた。安価なのにとても性能がよく、こんな値段でよくこのような物を作ってくれたと、メーカーに感謝したけれど、これもプラスチックなので、削れなくなってからは買い直さずに処分して、今はカッターのみを使っている。ただしカッターを使うと削りすぎ気味になり、鉛筆が短くなるのが早いのが難点である。

しかし短くなると、今度はクツワ製の補助軸や、ステッドラーの鉛筆ホルダーが使えるので、ちょっと楽しくもある。

鉛筆を使うとセットで消しゴムが必要だ。これまでは何の考えもなく、ずっと同じものを使っていたが、これがプラスチック消しゴムで、こちらも小さくなって買い替える頃になっていたので、昔ながらのラバー製の消しゴムを、また近所の文房具店で探してみたら、プラスチック製のものしかない。やむをえずインターネットで探してみたら、国産で一点、スペイン製で複数見つかった。まさか消しゴム一個を送ってもらうわけにもいかず、欲しいという人がいたらあげようと、セット売りになっているのを購入した。

スペイン製はＭＩＬＡＮというメーカーのもので、楕円形や四角にイラストがついている。子供用なのかもしれない。また角に丸みがある三角形のものもあり、こちらはシンプルなデザインだった。国産の「シードスーパーゴールド」は、うやうやしく紙箱に入っていて、金色のスリーブまでついている。ここまで包装過剰にしなくても、シンプルに本体だけでいいのにと思った。それだけプラスチック消しゴムの割合が増え、ラバー製のものが少なくなったことの表れなのだろう。ゴムの匂いは国産のほうが強く、スペイン製はほとんどしなかった。

ラバー製消しゴムの匂いを嗅いだり、触ったりしているうちに、昔、ＬＩＯＮというメーカーの消しゴムを使っていたのを思い出した。いちばん古い記憶は、雄ライオンのマークがついた、四角くて平べったいもので、その後、直方体のものが発売されて、ビニール包装のところに、小豆色のラインが入っていた。また細長くて先が斜めにカットされていた消しゴムもあり、片方はふつうの消しゴムで、反対側が砂消しゴムになっていた。そちら側でノートに書いた文字を消してしまい、何度も紙に穴を開けたのだった。原稿用のネタを書きためているノートも鉛筆で書き、消しゴムの出番も多い。しかしプラスチック消しゴムと比べると、ラバー製のほうが減りが遅い気がするのだが、本当はどうなのだろうか。

そして万年筆は、今のところ手紙を書くときに大活躍している。手紙だと、原稿を書くときほどインクの減りを気にしなくてもいいので気が楽だ。目上の方宛てに使うシンプルな罫線のものや、季節の花々が描かれているもの、また友だち宛てのイラストが描かれているものなど、便箋と封筒のセットを十種類くらいは常備している。しかし手書き文字が下手くそになっているので、万年筆で書くたびに、

「下手くそだなあ」

とつぶやいてしまう。便箋の二枚目くらいになると、慣れてきて字面にまとまりが出てくるけれど、だいたい一枚目の文字はひどい。先方には申し訳ないと思いつつ、そのまま投函してしまう。まさに「乱筆乱文失礼いたします」なのである。若い頃は、

「こんな形式的な文章などいらん」

と思っていたのだが、最近はとても身にしみるようになった。

手持ちの万年筆で便箋の仕様によって、縦書き、横書きと書いてみると、あくまでも私の感覚だが、縦書きは国産のパイロットやプラチナ、横書きは私が気に入っているペリカンが書きやすい。外国製もペン先が調整されているかもしれないが、国の筆記文化を表しているのかもしれない。インクはコンバーターで入れていて、パイロットの色彩雫（いろしずく）シリーズのうち、手紙用の万年筆には「露草」を使っている。このシリーズには二十四色あり、「朝顔」「月夜」「深海」「深緑（しんりょく）」「土筆（つくし）」「紫陽花（あじさい）」「冬将軍」など、それぞれに和名がついていて、自分の好きな色のインクで書けるのだ。パイロットのサイトで、色彩雫見本帖（ちょう）を眺めているだけでも楽しい。

昔はインクを注入するのが、ちょっと面倒くさかったが、最近はコンバーターで注入するのも楽しくてたまらない。インク瓶を見ては、こんなに減ったとうれしくなる。他にも明るいブルー系の「紺碧（こんぺき）」、ゲラ（校正刷り）への記入用の赤い「紅葉（もみじ）」も待機しているが、まだ出番はない。鉛筆で文字を書いて、間違えたら消しゴムで消す。万年筆に好きな色のインクを入れて書く。そういったちょっと面倒なことが、とても楽しくなってきた。若い人に比べて残りの時間は明らかに少ないのに、時間がかかることが楽しくなってきたなんて、不思議なものだと自分でも首を傾げているのである。

涼しさを求めて――高島縮のパジャマ、麻のシーツ

四十歳を過ぎた頃から、周囲で眠れない、熟睡できないという話をよく聞くようになった。私も「どうですか」とよく聞かれたけれど、ベッドに入ったらすぐに寝られる体質らしく、幸いにも睡眠不足や寝付きが悪いと感じたことは一度もなかった。それと同時に、編集者のなかには睡眠導入剤を服用している人が多いのもわかった。ずっと頭を使い続けているから、脳のテンションが上がったままになって、眠れないのだろうかと考えたり、

「私は原稿は書いていても、脳をそんなに動かしていないから、寝付きがいいのかもしれない」

などと思ったりした。しかし睡眠に問題がないのはありがたかった。

ところがネコを保護して飼うようになってから、私の安眠習慣は破られた。ネコは自分の都合、気分で、夜中に何度も私を起こしに来る。それが二十年間続いているので、万年睡眠不足のような状態になった。ネコの行動に関しては仕方がないとあきらめ、昼寝をしたり、睡眠不足が続くと自然に眠りが深くなって短時間でも目覚められるようになり、体もいろいろと対応しているようだ。とはいえ睡眠はとても大事なの

で、なるべく快適に寝られればと、いろいろと考えてきた。

最初に改良が必要と考えたのは、初夏から夏の間のパジャマと寝具類である。私は長い間、ごく一般的な綿の平織りの長袖（ながそで）、長ズボンのパジャマを着て寝ていた。薄掛布団のカバーも、シーツも綿の平織りだった。しかしそれだと汗をかくといつまでもパジャマが湿っていて、それが冷えてへたをすると風邪をひきそうになったりしたので、夜中にネコに起こされたついでに着替えたりもしていた。この時季には綿の平織りが合わないのではと考え、ダブルガーゼのパジャマに替えてみた。ダブルガーゼは肌に柔らかくて、それなりに快適だったのだけれど、クーラーを切って寝る私には、綿の平織りと同じように、汗をかくといつまでもべたつくのが気になった。

その次に問題と感じたのは、薄掛布団のカバーである。足がつりそうになって目が覚め、びっくりしてよくよく見たら、汗をかいて滑りが悪くなったカバーが足にまとわりつき、脛（すね）が締めつけられていたことが何度もあった。どうしてこんな状態になるのかというと、布の肌離れが悪いからである。だから汗をかくとぺったりとくっついてくる。何かいい方法はないかと考えた結果、汗ばむ時季の寝具を麻に替えた。

枕カバーは通販でみつけた麻のバスタオル。バスタオルといっても表面がタオルのようにループ状に織られているわけではなく、大判の麻布である。掛布団カバー、ベッド用フラットシーツは無印良品（むじるしりょうひん）の麻のカバーにして、試しに使ってみたところ、あまりの快適さにうれしくなった。パジャマも麻に替えたら、より快適なのかもと思ったが、残念ながら私は衣類は麻に負けるタイプなので、麻のパジャマに替えることはできない。しかし綿の平織り、ダブルガーゼには戻れないということで、また、

「うーん」

となった。

熟睡できないといっていた人に、

「どんな寝間着を着ているのですか」

と聞いたら、意外にも寝間着を着ている人が少なかった。家に帰って部屋着兼寝間着に着替えてそのまま寝るという。女性だとTシャツ素材のロングワンピースだったり、Tシャツとそれと同素材のワイドパンツ、タンクトップとショートパンツなど、ワンマイルウエアとして着るには、ちょっと古びてきたものを、部屋着兼寝間着にするのだといっていた。男性だとTシャツと同素材のハーフパンツだったり、上半身は裸で下はトランクスのみだったりで、私の個人的調査では、寝るときにパジャマを着ている人は、男女含めた十一人のうち三人ほどだった。

「どうしてパジャマを着ないのか」

とたずねると、

「パジャマは人目に触れない夜しか着ないのに値段が高い。わざわざ買わなくても、

処分する前の室内着で十分」

といった人が多かった。たしかにパジャマは割高感があるかもしれない。

世代的なものかもしれないが、かつては外出着、部屋着、寝間着ときちんと分けて着るのが当たり前だったので、ほとんどの人が必ず夜は寝間着に着替えたが、今は部屋着兼寝間着と簡素化されているようである。ただ寝間着に着替えるという行為が、眠るというスイッチを入れるきっかけになると聞いたこともあり、手間もお金もかかるけれども、パジャマを購入して着替えたほうが、睡眠にはよさそうなのだ。

そこで私のパジャマ問題である。麻のパジャマは快適そうだが、私には合わず、その結果思い出したのが、私が子供の頃に近所のじじばばたちが夏になると着ていた、綿の「縮」である。縮は表面に細かいしぼ（皺）がある織物で、じじたちは肌着として縮のVネックの半袖シャツを着ていて、夏になるとそのまま家の周辺をうろうろしていた。だいたい上半身はその恰好で、下は人目に触れるときはズボン。人目を気にせず快適を求めるタイプは、縮のステテコだった。ばばたちは浴衣をリフォームしたあっぱっぱか、縮素材のラップスタイルのワンピースを着ていた。当時はパンツスタイルのばばは皆無だった。

それを思い出して、今でも縮素材の衣類はあるのだろうかと検索してみたら、ちゃんと高島縮が存在していた。これはよかったと、まず試しに通販で一種類だけ手に入った、ボートネックで七分袖のかぶりタイプのトップスと、七分丈ズボンのセットを買ってみた。在庫処分だったらしく格安だったものの、柄はグレーの地に大きな丸柄の若向きだった。しかし試しに着るので、それで十分だったし、届いたパジャマは生地が柔らかくてとても風合いがよい。あとは寝ているときの汗の問題だが、いったいどうなるのだろうかと楽しみに寝てみたら、その快適さにはびっくりした。汗はたしかにかいているし、パジャマも湿っているのだが、肌へのべたつきは皆無。湿気がこもる感じが一切なかった。

これはいいと喜んでデパートに行ってみたら、私もその年齢に近くなっているとはいいながら、いかにもじじとばばが着そうな、ブルー、ピンクのパジャマしかなく、何も買わずに帰ってきた。そこでしばらくしてインターネットで検索してみると、ワコールと京都のメーカーSOU・SOUのコラボの、高島縮のパジャマがいくつか見つかった。柄はSOU・SOUらしい色鮮やかな大柄で、襟無し、五分袖、パンツは七分丈。各店一枚ずつしか在庫がなかったので、あっちこっちからかき集めて三枚確保した。

それは四月の終わりから九月の頭の残暑の時季まで、手放せないものになった。値段も安くはないが縫製が丁寧なので、初夏から夏の間のみだが、八年以上着続けて毎日洗っているけれど、どこにも問題はない。とにかく湿気が苦手な私が、こんなに快適に着られるパジャマは今までになかった。布の表面が平らではなくしぼがあるだけで、こんなに汗をかいたときの気持ちよさが違うのかと、昔の日本人の知恵に感心した。

我が身で人体実験をした結果、これはお薦めできると判断した。昨年、若い編集者二人と雑談をしていたら、「湿気が多くなったり、暑くなってくるとよく眠れない」「汗をかいて寝苦しい」などという。二人ともごく一般的な綿の平織りのパジャマを着、綿の平織りのシーツを使っていた。そこで私は待ってましたとばかりに、「湿気が多い時季のカバー、シーツは麻がいい。値段が高いもののほうがしなやかかもしれないけれど、そうでなくても最初は無印良品のもので十分。それでより上質を求めるのであれば、高価なものを購入すればよろしい。私が麻のパジャマを試せないので、比較できないのは申し訳ないが、イチ押しは、高島縮のパジャマ。これを汗ばむ季節に着て寝たら、他のパジャマは着られなくなった」と薦めた。すると二人は、声を揃えて、

「すぐに買いに行きます」

と帰りがけにデパートに立ち寄ってパジャマを購入するといってくれた。

家に帰った私は、自信を持ってお薦めしたけれど感じ方は人それぞれだし、もしも彼女たちに高島縮のパジャマが合わなかったらどうしよう。無駄な経費を使わせてし

まったのなら、パジャマ代を負担しなければと考えていた。ところがその後、買ってくれた二人が、

「今まで着ていたものと全然違う。汗をかいているのに、パジャマがさらさらしているのにはびっくりした」

といってくれたので、ほっとした。そしてそのうちの一人は麻のシーツまで購入し、

「本当に快適になりました」

と喜んでいた。私より少し年上の女性も、寝苦しいといっていたので、高島縮のパジャマをお薦めしたら、眠りが深くなったといい、出張用に買い足したといっていた。

自分がいくら快適でも、お薦めした相手がそう感じなければ意味がない。しかし湿気や暑さで寝苦しいと訴えた人に、といっても女性ばかりだけれど、私は何とかの一つ覚えみたいに、「麻のシーツに高島縮のパジャマ」といい続けている。幸い、お薦めした人全員が、よかったという。私の担当編集者はみなとても正直で、よかったときも、そうでないときも、はっきりいってくれるので、お世辞ではないと思う。湿気が多い寝苦しい時季の、麻のシーツと高島縮のパジャマのセットは本当にお薦めだ。今はワコールの睡眠科学というブランドでも、高島縮のパジャマが作られているようだ。

それ以外の時季に着ているのは、友だちがプレゼントしてくれた、ＭＩＮＴＯＮの

綿の天竺編み（てんじく）のパジャマで、トップスは柄物の襟無しで長袖、ボトムスは無地になっている。肌触りがとてもよく、頻繁に洗濯をしてもへたらないので、柄違いを買い足した。真冬には襟付きのネルのパジャマ。つまり、薄手の高島縮、普通の厚さの綿、厚手のネルの三種類を季節、気温によって使い分ける。

また寝具も、麻を使う以外の、春秋は綿の平織り、冬のとても寒くなりそうな夜は、シーツの上に毛布を敷く。真夏は有機四重ガーゼケットのシングルサイズ。その他の季節には、羽毛布団の薄掛けとやや厚め（二枚がスナップで合体できるようになっている）、そして厚いものの合計三枚を持っている。ガーゼケットではやや寒く感じると、薄掛けに麻のカバーをかける。寝ている間に体が冷えると、朝、起きたときに疲れが取れていない気がするので、寝る前に天気予報で夜から朝の気温をチェックして、それに合わせて寝具を組み合わせる。

枕はどこのメーカーか忘れてしまったが、薄手のものを二枚重ねて、通気性がよくなるらしいメッシュ状の枕カバーをつけ、その上に麻のバスタオルを巻いて、一年中使っている。いちばんの問題は麻のバスタオルはどうしても皺になりやすく、その上に顔面をのせてしまうと、朝、起きたときに、くっきりと跡がついていることだ。また年齢的に肌の復元力に乏しく、跡がすぐに取れないという問題もあり、その点に気をつけなくてはならない。外出する用事がなければ、私の場合は、あら大変と思いつつ、そのままほったらかしている。

寝ている時間は結構長いのに、無頓着な人も多い。その間は自分では何もできないのだから、寝る前にきちんと準備を整えていたい。季節の変わり目は体調を崩す人が多いけれど、日中の服装だけではなく、寝ているときに着るものにも、注意を払うといいのではないかと思うのである。

プラスチックをやめたい――新聞紙のゴミ入れ

今年の八月に、私の知り合いが毎年恒例のハワイ旅行に行き、帰国後に話を聞いた。ショッピングセンターに行ったら、あらゆる店が買った商品を購入後、商品を入れる袋、いわゆるショッパーに入れてくれなくなっていたという。

「みんな、マイバッグを持ってきてということなのかしら」

「高級ブランド店ですらそうなの。ショッピングセンターの店が全部そうなっていた」

という。それを知らないで行ってしまうと、買った商品を抱えてショッピングセンター内を移動するか、ショッパーを購入しなくてはならない。ハイブランドのショッパーだったら、スーパーマーケットのレジ袋みたいに、日本円で一枚二円、三円というわけにはいかないだろう。私も昔、某店でスカーフを買ったときは、何もいわなくてもショッパーに入れてくれたが、その袋の紙はとても厚く丈夫で何年も変色しなかった。ショッパーですらこんなに違うのかと驚いた。

「そういったハイブランドで買う人は、ショッパーの値段がたとえば三千円でも平気なのかもね」

「私たちはそういう店で服は買わないけど、袋一枚に三千円は払えないなあ」

私はやっとの思いでスカーフ一枚を買ったのに、たとえばショッパーが千円といわれたらちょっと考える。そのときのコーディネートなど無視して、千円惜しさに、

「袋はいりません。巻いて帰ります」

といっちゃうかもしれない。ハイブランドを利用する人には、これからは商品の購入代金の他に、それなりのショッパーのお値段がついてまわるというわけなのだった。

「でも、エコバッグを持って行って、ハイブランドの服をそこに詰めて帰ったら、店の人たちはどう思うかしらね」

「それは店にとっても感じはよくないから、私の想像では商品とショッパーがワンセットになっているんじゃないのかな」

彼女がハワイ滞在中に、ハイブランドのショッパーを提げている人を見たことがあるかと聞いたら、彼女は首を横に振った。そしてそういう状況になっているのを知らなかった人たちが、購入したTシャツや雑貨などを、胸に抱えて歩いていたという。エコのために買った品物を胸に抱えて移動してもいいという人はいるかもしれないが、万引きと間違えられる可能性だってある。だからこれからは、みな世界的な観光地にエコバッグを持っていくか、ショッパーを購入するしかないのだ。

「日本もそのうちそうなると思うわ」

彼女はうなずいていた。

昔とはずいぶん考え方が違ってきた。当時は何も考えていなかったから、今になって環境汚染を引き起こしてしまったのだろう。有名な店で何かを買ったとき、店の紙袋を手にして歩くのがちょっと自慢になった。私も若い頃はそんな気持ちを持っていた。今から考えれば、なぜそんな感覚になっていたのか、自分でも理解し難い。老舗の菓子店の紙袋、高級化粧品の紙袋、人気のあるファッションブランドの紙袋を持っていると、

「あら、あの人、あの店で買い物したのね」

という他人の目を意識した。また店側も店の袋を持って歩いてくれれば、宣伝になると考えていたに違いない。

最近は世の中でエコバッグ持参や簡易包装の意識が強くなってきたので、買い物をして、

「そのままでいいです」

といいやすくなった。一度、デパートで包丁を購入し、

「包装は簡単で結構です」

といった。すると店員さんは真顔で私の顔をじっと見て、

「こういうものはきちんと包装しないいと」

と包丁を箱に入れてからテープで留め、包装紙で丁寧に包んでしっかりとまたテープで留め、それを封筒型の紙袋に入れてまたテープで留めて渡してくれた。もしもこの人がどこかで包丁を振り回そうとしても、簡単に包丁が取り出せないようにということなのだろう。防犯上はそれは正しい対応なのかもしれないが、家に帰って何重にも包丁を包む紙類を見て、もったいないと心が痛んだ。そしてそれらを処分するのも面倒くさいのだった。

高齢者のなかには、簡易包装だと丁寧さに欠け、店側が金を払った客である自分に対して大事に思う気持ちが足りないと感じる人がいる。通販利用者のコメント欄でも、簡易包装に文句をいっているのは、だいたい高齢者だ。幾重にも包むのが相手に対する思いやりという感覚がまだ残っているのだろう。日本には掛け紙という文化があって、そういったものはエコとは関係なくこれからも残って欲しいと思うけれど、日常生活では無駄を省く方向になっている。しかし考え方は人それぞれなのだ。

私がふだんスーパーマーケットに買い物に行くときは、何年も使っているMOTTERUの迷彩キリン柄のレジ袋の形状のエコバッグか、東京子ども図書館で販売している、恐竜柄のコットン製のものを使っているが、外出先で買い物を思い出して、マイバッグを持ってくるのを忘れてしまったときは、レジ袋に入れてもらうこともある。もちろん代金の二円は負担するけれど、とても悪いことをしたような気になる。

先日、ある雑誌でマイクロプラスチックの海洋汚染について書かれたものを読んで、自分はそこそこリサイクル意識を持って暮らしているつもりが、実はまったくたいしたことがなかったとわかった。海のプラスチックゴミにつながる、容器やレジ袋、ゴミ袋、ボトル、発泡スチロールなどは意識の中にあったが、衣類、化粧品までは考えが及ばなかった。たとえば化繊衣料は洗濯した際に繊維くずが下水に流れていき、最終的には海にいってしまう。そこまで気がつかなかったのだ。

化粧品、歯磨き剤のなかに入っている、プラスチックのマイクロビーズ。スクラブ剤や歯磨き剤に入っているのは、まだわかるけれど、調べてみたらクレンジング、パック、チーク、口紅、マスカラ、アイライナーと、ほとんどの製品に使われていた。キラキラと光るラメもその可能性がある。それらを顔に付けていると、洗ったとたんに流れ落ちて、最終的に海に流れていく。私はスクラブ剤や歯磨き剤の研磨剤入りのものは使っていなかったし、幸い私の使っている化粧品にはマイクロビーズは含まれていなかった。

しかしそれで少し安心した直後、ぎょっとしたのは、メラミンスポンジだった。掃除の際、便利に使っていた私は、汚れが落ちた後、どうなるかをまったく考えていなかったのである。メラミンスポンジは消しゴムのように汚れを落とすのと同時に削れていく。当然、水で洗い流すのであるが、そのマイクロプラスチックは最後は海に流れ着く。まったくそこまで考えが及ばなかった。

これを知って以降、私はメラミンスポンジを使うのをやめたのだが、これを買ったきっかけは、店で見たときにパッケージに、「ドイツ生まれの新素材」と書いてあったからだった。ドイツはエコに関しては進んでいる国だし、私はドイツ製には信頼を置いているので、それ以来使い続けていた。それがマイクロプラスチック被害の原因になっていたとは。ドイツ生まれだから、本国ではどのような扱いになっているのかと調べてみたら、インターネット検索での結果だが、あるにはあるけれど、日本のようにどこでも買えるような商品ではないようだった。

なぜマイクロプラスチックがよくないのかというと、海の中の汚染物質を吸着し、それをプランクトンが食べ、それを魚が食べ、それを私たちが食べるという状況で、結局、自分たちが汚染物質を取り込むことにつながるからである。海の生き物たちのプラスチックによる悲惨な状況を知ると、胸が痛むので何とかしなければと思うのだが、そういっている自分がプラスチックを手放せないので、ここが問題なのだった。ふと机の上を見ると、クリアファイル、クリップのケース、ペンの軸、そして消しゴムも。

台所にもそこここにプラスチックがある。なるべく長く使えるものをと、保存容器の本体は琺瑯(ほうろう)かステンレスだが、蓋(ふた)がプラスチックだったりする。卓上浄水器もそうだし、シンクには百均で購入した、排水口のゴミ受け。そこにはストッキングタイプのネットまでつけてある。何年か前までは、ステンレス製のゴミ受けを使い捨てにしていたのだが、いちいち洗うのが面倒だからと、プラスチック製のゴミ受けを使い捨てにしていた。こんなことをやっていて、リサイクルに意識があると思っていた自分がとても恥ずかしい。早速、銅製の浅型のゴミ受けにし、ネットも使わずにこまめに洗うようにした。

マイクロプラスチックについて知った雑誌に、プラスチック製品を衣食住のすべてから排除しようとした顛末を書いた翻訳書、ベア・ジョンソン著『ゼロ・ウェイスト・ホーム』（アノニマ・スタジオ）が紹介されていたので読んでみたら、四人家族の著者の家では、一年間で出るゴミが一リットル以下。生ゴミの処理にコンポストを利用しているところも大きいのだろうが、とにかくその少なさにびっくりした。私などひとり暮らしなのに、所有品を日々減らしていることもあるのだが、週に二度の可燃ゴミの日に、三十か四十五リットルのゴミ袋を一個ずつ出している始末だ。

ＹｏｕＴｕｂｅで彼女が買い物をする動画を見たが、パンを購入するときは、きれいな枕カバーや手作りの布袋を持参して、それに入れてもらう。生鮮食料品も持参したガラス製のジャーなどに入れてもらい、バーコードがついたタグを貼りつけてもらえば、精算するのも問題がない。そして本のなかではココアパウダーなどでアイメイク用品を作る徹底ぶりだった。そこまでやるのかといいたくもなったが、それだけ身の回りにプラスチック製品があふれかえっているという証拠なのだ。

オーストラリアでは、紙筒に入っている口紅があったり、缶にBBクリームが入っていて、それを使いきって店に持っていくと、そこに新しいクリームを入れてくれるなど徹底しているようだ。日本もこうなればいいのにとは思うが、オーストラリアに比べて湿気が多そうだし、衛生面で問題が起こるかもしれない。またパッケージが素敵だからと化粧品を購入する女性が多いのも事実である。かといって何もしないのではなく、無理せずできることはしたほうがいいと思った。

ゴミの少なさを競う気はないが、環境を考えると少しでもプラスチックの被害は少なくしたいしゴミも減量したい。しかし店に行くと、食品は必ずプラスチックやビニールで、何重にも覆われている。私が子供の頃、茶色い瓶を持たされて、近所に量り売りの醬油(しょうゆ)を買いに行ったり、容器を持って豆腐屋さんに豆腐を買いに行ったのを思い出した。このように対面で買える店だと、包装を少なくすることは可能だが、今はとても少なくなった。

自分が実行してみて、どれくらい効果があるのかはわからないけれど、気温の高い時季に、生ゴミをゴミ袋に入れる際に匂いが漏れないようにとビニールに入れて捨てていたが、それもやめた。そのかわりに店売りで新聞を買い、読んだ後は、紙の小型のゴミ袋を作り、それを自治体指定のゴミ袋に入れる。以前にも作っていた時期があったのだが、面倒になりいつの間にかやめていた。しかし現状はそんなこともいっていられない。少しでも役に立てばと、そのために夕食後、再びちまちまと折り紙のように新聞紙を折りたたんでいる毎日なのである。

がんこな汚れを取る――ハイネリー、お掃除ブラシ

今年の終わりがだんだん近づいてくると、私の場合、まず考えるのが大掃除である。日々、きちんと掃除をしている人は、

「年末の大掃除は特にしない。こまめに掃除をしていれば大掃除は不要」

という。たしかにそうである。しかし日々、面倒くさがりで掃除を怠っている掃除嫌いの私としては、この時期になると、

「いかん、大掃除をしなくては」

と焦るのだ。

そんな私でも室内すべての掃除を怠っているわけではなく、水回り関係はこまめに掃除をしているので、風呂場、洗面所、台所は何とか清潔といえる状態はキープしている。しかしベランダに面したガラス戸、窓、そしてふだんは気がつかない高い場所に目をやると、

「こんなところが汚れている」

とぎょっとする。それも仕事の締切があるときに限って、目につくのである。気にはなっているものの、書かなくてはならない原稿があるので、それをしていると、そ

のうちころっと汚れのことは忘れてしまう。何とか書き上げて送信してほっとすると、疲れているので掃除をする気力がない。そしてだらだらしているうちに次の締切が来て、仕事をしてまただらだらするのを繰り返しているうちに、汚れなどどうでもよくなってきて、それっきりになってしまうのだった。

汚れというのはすぐに取れば簡単なのに、時間が経過すると、そう簡単には取れなくなる。これは家事のプロの方々がよく話していることで、強い洗剤を使わないと落ちなくなったりもする。それを避けるためには、「こまめに掃除」なのに、それができない。このわかっているけどできない性格をなんとかしなければと思いながら、還暦を過ぎてしまった体たらくである。

私にも、こうなっているといいなという、室内の整え方というものはある。キッチンのシンクはぴかぴか、調理台は真っ白、ガス台も汚れていない。ガス台は壊れたのを大家さんが取り替えてくれたのでまだきれいだし、毎日、調理後には拭いているので、汚れは溜まっていない。しかしシンクと調理台は築三十年のマンションということもあって、いまひとつぴかぴかというわけにはいかなかった。特に調理台はどういうわけかど真ん中に継ぎ目がある。入居時にそこに銀色のテープが貼ってあるのを見て、

「これは何だ」

と見苦しいので剝がしたら、そこに継ぎ目の溝があり、そんな設計の仕方なんてありえないと呆れつつ、二十五年以上そんなキッチンを使っている。いくらこすっても真っ白にはならないのも、経年劣化で仕方がないとあきらめている。

ふだんは、毛が抜けたり、ネコ砂をまき散らすネコもいるので、毎朝、ざっと床を掃除する。トイレも使った後に掃除をするし、洗面所、風呂場も同じである。それですべての掃除が済んだ気になっているのだが、窓は磨かないときれいにならないし、キッチンのシンクも汚れてはいないけれど、ぴかぴかに光っておらず、何となくくすんでいる。こんな部分に目をつぶっているのだ。

毎朝、食後にそれらのざっと掃除を終えて、仕事に取りかかるものの、最近は集中力が続かないのですぐに飽きる。飽きると本や雑誌を読んだり、インターネットのネコ画像を見たり、編み物をしたり、掃除をしたりする。その場所はいつも台所の壁である。壁の一方には薄いピンクベージュ色の十五センチ角のタイルがはめ込んであり、ちょっと見には汚れているようには見えないが、よくよく見るとうっすら汚れている。これが気になるのである。全部で百三十六枚あってそのなかの目についたタイルを、お湯でしめらせた布きれで拭くと、周囲のタイルよりも一段階色が明るくなる。洗剤を使わなくても簡単にきれいになるのである。

それに気をよくして、一枚、また二枚と拭いていくのだが、ガス台に近い場所にな

ると、油などのさまざまな汚れが付着するらしく、お湯だけではなかなか落ちない。こうなると私のやる気がしゅーっと失せ、

「仕事をしよう」

とパソコンに向かう。そして残りのタイルはどうなるかというと放置である。自慢ではないが、百三十六枚のタイル全部を一度にきれいにした経験はない。前回はここを拭いたから、今回はここ、とやっているうちに、結局はいつも必ずどこかがくすんでいるという事態になったのである。

それでも見るからに汚れているわけではなく、他人が見ても気がつかない程度である。不精な私は、

「タイルが均等に汚れてくれれば、掃除をしなくてもばれないのに」

と思う。下手に何ヵ所かを掃除するから、しているところとそうでないところの差が目立つのであって、全体的に汚れていれば、そんなものとして認識される。それを期待する半面、

「それではいかん」

といっている自分もいる。そして気が向いてちょこっとタイルを拭いて、一部分をきれいにする。そして、

「やっぱりきれいにしたほうが気持ちがいい」

と思いつつ、同じことを繰り返しているのだ。

壁のタイルはともかく、シンクだけは磨いておきたい。洗面所もそうだが、毎日水を流すところは、昨今は湿気の多い日が増えたせいか、気を抜くとすぐにカビが出そうなので、それだけは気をつけている。家事のプロであるスーパー主婦の方々は、夜寝る前にはシンクの水滴をすべて拭き取るらしいが、私にはとてもじゃないけどその根性はない。生活のなかで重要な場所なので清潔に保っておきたいが、クエン酸を使って自分ではきれいにしたようでも、乾くと白くくすみが浮き出してきてがっかりする。これは汚れが完全に落としきれていない証拠なのだそうだ。まずしっかりと汚れを取り、その後、こまめにクエン酸などを使って掃除をするというのがいいのかもしれない。

私が子供の頃には、家庭の台所には必ず赤か青の「カネヨクレンザー」の紙箱が置いてあり、お母さんたちはそれで流しやフライパンなどをせっせと磨いていた。私の記憶にある最初の台所は、シンク、といった洒落(しゃれ)た雰囲気ではない石の流しだった。人造石だったかもしれないが、黒地にグレーの細かい柄が全体的に入っていたような覚えがある。台所は北向きで流しもそんな色だし、食べるものも卵や人参以外はだいたい茶色だったので、ご飯を作る楽しい場所ではあったが、明るい雰囲気ではなかった。その後、シンクはトタン張りになって汚れが目立つようになり、その後にステンレスになった。石の流しのときはちょっと見では汚れているのかいないのかはわからなかったが、母親は毎日、そこを束子にクレンザーをつけて磨いていた。

それを思い出して、クリームクレンザーで磨いてみても、やはり白いくすみは取れない。強い合成洗剤を使うのはいやなので、何かないかと探してみたら、「ハイネリー」を見つけた。母親が使っていたようないなかったような……といった雰囲気の、白い蓋に濃いピンクの容器である。その容器がダサいといわれているようだが、昭和レトロ風だと思えば、愛らしい趣がある。容器には器物用クリーナーとあり、主成分は牛脂、ヤシ油、苛性ソーダ、研磨剤、レモン香料だそうである。私はワンコインで買える、直径九センチ高さ四センチ足らずの容器に入った、いちばん小さいものを買った。

容器の蓋はぴっちりと閉まっているので、ワンタッチで開閉はできない。中にはグレーの練り状の洗浄剤が入っている。使用後には水を少量入れて、蓋をしておくようにとただし書きがあるところを見ると、水分が蒸発すると硬くなってしまうのだろう。開封したてはまだ軟らかいので、それを布に取ってシンクを磨いてみた。適量がわからなかったので、あとから考えればやや多めだったかもしれないが、それでシンク全体をこすって水で流すと、それほど力を入れなくてもこれまでとは違う輝きになっていた。そしてシンクの水分が乾いても、あの労力が無と化してしまう、憎い白いくすみが出なかったのだ。

どこが違うのだろうかと考えてみたが、ある人がシンクを掃除するときに、オリーブオイル入りの石けんで洗うと、きれいに汚れが落ちると書いているのを読んだことがあるのを思い出した。こちらも天然油脂配合ということで、その油分が影響したのかもしれない。ユーザーコメントを見ると、良い評価をしている人がほとんどだが、なかには思ったほど汚れが落ちなかったという人もいる。一方、思ったより以上に汚れが落ちたという人がいるのも面白い。器物用なのでシンクだけではなく、食器、風呂、トイレ掃除にも使う人が多いようだ。この容器は自分の美意識が絶対に受け付けないという人にはだめかもしれないが、ひとつあると便利に使えるかもしれない。私もこれからいろいろな場所の掃除に使ってみようと思う。

シンクがきれいになったのはよかったが、そこよりもっときれいにしなくてはいけないのが排水口である。私は排水口の掃除は昔から悩みの種だった。同年輩の友人は、夫婦二人で賃貸マンションに住んで二十五年経つのだが、一度も排水口の掃除をしたことがなく、

「汚れていないわよ」

という。それを聞いた私ともう一人の友だちは、

「そんなはずはないわよ。二十五年も放置して汚れがつかないわけがない」

と反論した。結局、彼女に気付かれないように、夫がこっそり掃除をしているのだろうという結論に達したのだが、排水口はちょっと掃除をさぼるとえらいことになる。掃除を怠った後、排水口内のトラップを取り出して裏側を見ると、どろ〜んとしたものがべったりとへばりついていて、

「げえええ」

となる。水が死んでいる沼の底から、藻や得体の知れない水生生物を取り出したかのようだ。最初は半泣きになりながら洗っていたが、最近はいくつか新しいものを常備しておいて、半年ごとに新しいものに替え、こまめに掃除をしている。アルミホイルを団子状に丸めて、いくつかトラップの上に置いておくと、汚れがつきにくいとテレビで放送していたので、そのようにしてみたら、汚れはつきにくくなったような気がする。排水口内の筒の部分もきれいにしたいけれど、こちらも経年劣化のため、新品のようにはならない。しかし見たときに清潔感を感じるくらいにはしたいと、使い古した歯ブラシや、百均などで長い柄のついた排水口用の掃除ブラシを買ってみたが、なかなか自分が納得するようにきれいにはならなかった。

そんなときうちに送られてきたカタログに、細かい部分が掃除できる、「大津(おおつ)式お掃除ブラシJ」が載っていた。柄の部分がステンレスでブラシ部分はナイロン製。何を使っても排水口の掃除には納得できなかったので、試しに買ってみたら、ブラシ

に腰があるので、細かい段差の部分の汚れが取れ、筒の部分の汚れもこそげ取れたのか、色が一段階きれいになった。三本セットで四千五十四円とやや高価だが使用感にはとても満足した。

これらの道具できれいになるとわかったので、あとは私が体を動かすのみである。いつ抜き打ちでシンクと排水口の中を覗(のぞ)かれてもいいように、あれこれいいわけをせず、きっちり掃除をするのが、これからの私に課せられた使命なのである。

気軽に編める靴下――Ｏｐａｌ毛糸

小学校の低学年から編み物をしているので、冬が近づくとつい毛糸を取り出してしまう。

母が編み物をしていたので、婦人雑誌の付録の編み物教本を見ながら、棒針でメリヤスの平編みをし、その後に四本棒針で筒状に編むのを練習し、かぎ針もやってみた。何度も失敗しながら、何とか身につけるものが編めるようになった。最初に編んだのは、こま編みのミトンで通学のときにはめていたが、だんだん伸びてキャッチャーミットみたいになったので、捨ててしまった。はじめてまともに着られたのは、小学校五年生のとき、レース糸で編んだかぎ針編みのノースリーブのサマーセーターで、気に入って出かけるときに何度も着た記憶がある。

以前は毛糸が発売されると、何を編むかも決めていないのに毛糸を買い込み、昼間は仕事をし、夜は編み物の毎日だった。簡単な編み方のものなら、一枚編むのに一週間あれば十分だった。これまで自分や人に頼まれたものを含めて、二百枚近いセーターやカーディガンを編んできた。昨年まで冬に家で着ていたカーディガンがあったのだけれど、飽きてきたので編み直そうと解いて毛糸玉に戻したので、私の手元に残っているのは、現在ゼロになってしまった。

二〇〇八年に体調を崩したときに、漢方薬局の先生から、

「甘い物の食べ過ぎ。少し休んだほうがいいけれど、仕事はやめるわけにはいかないので、趣味の編み物はしばらく禁止」

といい渡されたので、一年ほど編み物は自粛していた。だんだん体調が戻るにつれ、何か編みたくなってきたとき、知り合いが、

「飼っている高齢のメスの小型犬が寒がりで、セーターを買ってやりたいのだけれど、着せたいと思うものがなく、気に入ったものがあってもとても高い」

といっていたので、編んであげることにした。これが復帰第一作の編み物だった。イヌのセーターは編んだ経験がないので、まず体のサイズを教えてもらい、イヌ用のセーターの本を見ながら、気軽に洗濯できる、子供用ウエアの合繊のピンク色の毛糸で一枚編んでみた。シンプルな何の飾りもないデザインなので数時間でできた。

それを渡すと、その子が気に入ってすぐに着てくれて、サイズもちょうどよいといわれたので、その基本形を元に、ストライプ、縄編み、ピンク色の地に白でバンビちゃんの編み込み模様が入ったもの、白地に赤、緑、青などでシェットランド風の編み込みをしたもの、あたたかさを追求してカシミア混の毛糸で編んだもの、かぎ針編みで襟ぐりと裾(すそ)にフリルが付いたものなど、様々なものを編んだ。今まで編んだことが

ない柄が編めるので、とても勉強になったし、自分が着ないかわいい色合いで編めるのも楽しかった。しかし残念ながら、その子が天国に旅立ってしまったので、私のセーター作りも終わりになった。

そんなことをしているうちに、やっぱりまた編み物をしたいと思い、毛糸は買っていたのだが、日中仕事をし、夜、晩御飯の後に編み物をすると、翌日、目が疲れているのがわかった。そこで夜ではなく、昼御飯を食べた後、三十分だけ編むようにしたら、目の疲労はなくなったのだけれど、当然、編み上がるまでに時間がかかる。編んでいる途中で放置するのはいやなので、どんな小さなものでもいいから、何か完成させたい。カーディガンは前開きの処理があるので、セーターよりも手間がかかるし、セーターはベストよりも袖の分、時間がかかる。じゃあ、ベストがいいのではと考えたのだが、これがデザイン的にとても難しいのがわかった。下手にベストを編むと、明らかに防寒という雰囲気になり、おばちゃん度が上がるのだ。

かといってメンズ風でトラッド系の編み方のものを選ぶと、おっさんから借りてきたように見える。編む手間はともかく、毛糸の種類、細さ、柄、着丈など、他の面で考えなくてはならない事柄が多いのだ。

「昔はこういった縄編みのトラッドなものも似合ったのになあ」

そう思いながらあきらめる。かといって高齢女性が好きな、透かし編みのドレッシーな雰囲気も、私には似合わない。どうしたものかと悩んだ結果、私が選んだのは靴下だったのだ。ずいぶん昔に二足編んだきりで、それ以降、編んだことはなかった。靴下は編む分量が少ないし、シンプルな編み方であれば短期間で編める。問題といえばひとつだけではなく、もうひとつ編まなければならない点だが、まあそれは仕方がない。そこで編み物の靴下について、インターネットで調べてみたら、海外ではソックニッターといって、靴下ばかり集中的に編んでいる人たちがいて、自分の作品を披露していた。もちろんシンプルなのもあるけれど、

「どこをどうやったら、こんな模様ができるのか」

と首を傾げるものや、かかとに編み込み模様が入っているものなど、凝ったものも多い。日本では室内では靴を脱ぐが、海外では靴を履く時間が長く、靴下全部を見せる機会は少ないはずなのに、それだけ凝っているのは、海外風の「見えないお洒落(しゃれ)」なのかなとも思った。

以前に靴下を編んだときは、世の中には中細の太さでウールにナイロンが混じった糸があったはずだが、実用中心の色合いもいまひとつの単色ばかりで、編みたいものではなかった。そこで手持ちのウール百パーセントの糸で編んだはいいが、履いたらあっという間にかかとと親指の裏側の力が入る場所が薄くなり、

「こんなにすぐに穴があくのか」

とがっかりした。いったいどうしたらいいかと考えた結果、二足目はウール百パーセントの糸に木綿の細いレース糸を引き揃え、それで編んでみたりもした。多少丈夫にはなったけれど、今度は木綿糸が汚れを抱え込むのか、何度洗っても薄汚れた感はぬぐえず、靴下は手編みにしたわりには報われないなあと編むのをやめにしたのである。

ところが気分も新たに靴下を編もうと調べると、何と海外の靴下用の糸、ソックヤーンがたくさんあった。特に目を引いたのは、ドイツのＴＵＴＴＯ社のＯｐａｌ毛糸だった。きれいな中細の段染めの糸で簡単なメリヤス編みをするだけでいろいろな色、柄が出てくるのでそれが楽しそうだった。この毛糸は毛（スーパーウォッシュウール）七十五パーセント、ポリアミド（ナイロン）二十五パーセントで作られていて、一玉百グラムで、約一・五足分になっている。ネットに入れれば洗濯機で洗えるというのもよい。

この糸を知ったのは、ドイツ出身で結婚して日本で暮らす梅村マルティナさんという女性が、３・11の原発事故の被災者のためにと、ドイツの実家のそばにあったＴＵＴＴＯ社のＯｐａｌ毛糸を、気仙沼の避難所に送った、という話を読んだのがきっかけだった。そんなものは早急に必要ではないという人もいたようだが、避難所の女性たちからはしばらく経って、編んでいるときは辛いことを忘れられるので、また毛糸を送って欲しいといわれたという。毛糸を買うとそれが避難している人たちのために使われるという話だったので、私が好きなものを購入して、それが誰かのお役に立つのならと買ってみた。

久々に細い中細毛糸で製図の基本になるゲージを編んでみると、手がゆるい私だと適正ゲージにするには、いちばん細い棒針で編むしかなく、それがちょっと苦労だったが、次々に色や柄が現れるので、飽きっぽい私でもこの細い糸を楽しく編むことができた。

その後、梅村さんは被災した女性たちが、避難所を出て仮設住宅に住むようになっても働く場所がないのを知り、気仙沼にOpal毛糸を扱う会社を作り、彼女たちを雇用するようにした。そして今もずっと継続している。それだけの事業ができたのは、この毛糸を欲しいと思った人が多かったわけで、それが被災した人々の役に立ったのはとてもよかったと思う。

この毛糸にはたくさんの種類があるが、私が最初に買ったのは、オーストリアの芸術家、フンデルトヴァッサーの絵画をモチーフにしたシリーズだった。私は「地面のない庭」と名付けられた毛糸の二本取りで、家で着るロングカーディガンを編んで愛用していた。それが毛糸玉に戻したものである。またゴッホの絵画をモチーフにした毛糸のシリーズがあり、それぞれに「星月夜」「ひまわり」「ゴーギャンの椅子」と名っている。

前がついている。どれも絵画のなかに使われている色が、そのまま毛糸の段染めにな

Opalの毛糸を買ってからは、この毛糸にはまってしまい、靴下を編みまくった。いろいろな色を編みたいので、一玉、また一玉と購入し、派手な色でも編むのは楽しく、自分で使うには派手なピンク系はバザーに出した。履いてみるととてもあたたかく、履いたとたんにほっと体がゆるんでくる。短時間で編めるのもいい。履き口は本体と同じメリヤス編みで編んでいる。くるっと丸くなるところが気に入っている。

きちんとした性格の人は、右と左の柄を合わせたいと考えるのかもしれないが、私のような適当な性格だと、「左右が違うほうがかえって面白い」と糸の色が変わるにまかせて編んでいる。そう考えるようになってから同じ毛糸のペアじゃなくても、別の毛糸でできた片割れを組み合わせて履いてもいいんじゃないかと考えたら、片方がちょっと派手でもいいかもと考え直し、最近は派手な色合いの靴下も編んでいる。

私にとっては細いこの糸で、セーターやカーディガンを編む強者もいる。靴下や帽子を編んだ残りの糸を集めてポップなものが出来上がっている。ネットに入れて洗濯機で洗えるのもよい。しかし私はまだそこまで至っておらず、根性が据わっていないのでちまちまと靴下を編んでいる。でもいずれはセーターも編んでみたい。この糸を編んでいるうちに、他のソックヤーンも編みたくなり、イタリア製のナイフメーラと

いう糸でも編んでみた。コットン四十五パーセント、ウール四十二パーセント、ナイロン十三パーセントで、コットンが入っている分、夏場も使えるのがよかった。こちらは履き口をゴムにしてみた。その後、「ＫＦＳ　梅村マルティナオパール毛糸」でも、夏が近くなるとコットン混の毛糸も扱うようになったので、今手元にある糸を編み終わったら、こちらも編んでみたいと思っている。

サイトを見ると、「モグラソックス」というものがあって、次はそれも編みたい。形状としてはつま先がない靴下で、足首は温めたいけど、足全体だとちょっと暑い、風呂上がりとか夏場の冷房がきついときによさそうだ。編みたいものはたくさんあれど、時間と編む手が追いつかないのが悲しい。

そんな状況なのに、やっぱり小物だけでは我慢できず、セーターを編みはじめてしまった。私はイギリスのＲＯＷＡＮの毛糸が好きなので、そのなかでいちばん気に入っている、フェルテッドツイードという軽くてとてもあたたかい毛糸で、形も編み方もシンプルなものだ。この糸ではセーターを編んだ経験があり、それは友だちにあげてしまったのだが、ゲージや製図は頭の中に入っているので、仕事の合間をぬって後ろ身頃の四十五パーセントくらい編み上がった。一日に編める量は少ないが、着々と前に進んでいるのがうれしい。様々な色を目にしたいときは靴下を編む。目の前に並べてみたら、このセーターにこれらの靴下は、全然、合わないと気がついたのだが、まあそれぞれ別のものと合わせればいいのだからと、空いた時間に編み続け、身につける日を楽しみにしているのである。

再びプラスチック問題——エネタン枕

以前、パジャマ、寝具について書いたのだけれど、そのなかで枕については、「薄手のものを二枚重ねて、通気性がよくなるらしいメッシュ状の枕カバーをつけ、その上に麻のバスタオルを巻いて、一年中使っている」

と書いた。この方式で長く使い続けていたのだが、最初の頃は快適だったのだけれど、だんだん朝、起きると何となく肩が凝っているような気がしてきた。日中は肩凝りはしないのに、朝、起きたときだけ肩の感じがいまひとつなのだ。

歳を取ると体形が変わってくるし、ふだんは胸から下の腹部や臀部(でんぶ)ばかり気になってくるけれど、肩回り、背中の部分も変化しているのに違いない。昔はその枕が体に合っていたとしても、枕自体もへたってくるし、こちらの体も変化する。もしかしたらもうこの枕は私には合わなくなっているのかもしれないと、見直すことにした。

ずいぶん前だが、低反発、高反発枕が評判になったことがあった。今までの素材の枕と違い、これを使って眠りが深くなったという話も聞いた。とても興味を持ったのだが、私の住んでいるマンションのゴミ捨て場に、使い古しではない、まだ新しいその枕が、

「もう、いらんっ」

　といったふうに、捨ててあったのを見て、買うのをためらっていた。使い古されたものであったら、

「愛用して使用限度がきたのだな」

　と判断できるが、本当にまだ新しい状態だったので、一度、試してみたら寝違えてしまい、

「こんなの使えるか」

　と激怒して思わず捨てたのでは、などといろいろと考えた。そのときは自分で適当に調整した枕でも、特に問題はなかったし、朝、起きたときの肩凝りもなかった。しかし二年ほど前から、どうもおかしいと感じるようになり、少しずつ枕探しをはじめたのだった。

　何年か前にテレビを見ていたら、女性の医師が自分に合う枕の作り方を指導していた。座布団とバスタオル何枚かを準備して、患者さんが寝たときの自分の首の角度に合わせて、座布団の上にたたんだタオルを、一枚はずしたり加えたりして、ちょうどいい高さに調節しているのだった。それで腰痛が治った人もいるという。私は、

「へええ。こうやって枕にしてもいいのか」

　と感心した。当時は物を処分しないで溜(た)め込んでいたので、使い古したバスタオル

も何枚かあった。しかしうちには私が三味線を練習するときに使う、ふかふかの座布団しかなかったので、このときは枕の作り方を頭に入れただけだった。

そして枕が合わないと感じるようになって、このことを思い出して検索してみたら、使う品が玄関マットとタオルケットに変わっていた。そのほうが硬さを維持できるのだそうである。幸いタオルケットも手元にある。そこでうちでは使っていない玄関マットを購入することにした。

玄関マットは足の下に位置するもので、もともと頭の下に置くものではない。マットに防虫剤などの薬剤が使われているのはいやだなと、オーガニックコットン製で、そういった類(たぐい)のものが使われている可能性が低いものを探して購入した。すぐに届いたものの、この硬さでいいのか自信がなかった。私が生まれてから今まで住んだ家に、玄関マットは敷いていなかった。玄関マットがある家にお邪魔した経験はあるけれど、いちいちマットの硬さや厚さなどを調べない。しかしこの硬さが枕作りのポイントになるはずなので、これでいいのだろうかと不安になったのである。

とりあえず手作り枕の作り方を見ながら、玄関マットをたたみ、その上に角を揃え整えながらタオルケットをたたんでいく。頭をのせて高いと感じたら、一枚ずつめくって調整する。一人でやる方法としては、枕に頭をのせて横たわってみて、顔の中心と腰までが、ベッドと平行、つまり一直線になるのが理想で、鏡を見て確認しながらやるとよいということなのだが、これがとても難しいのだ。

目視だと何をやっても合っていないような気がするので、和裁のときに使う、鯨尺の二尺差しの物差しを持ってきて、鼻に沿ってあてがってみたが、鏡を見てもまったく平行にならない。近所に住んでいる友だちに見てもらおうとしても、あいにく仕事で海外に行っていて頼めない。何度もタオルケットをめくったり戻したりしながら、まあ、こんなものかなと決めて頭をのせ、今度は鏡を見ながら横たわって、一直線になっているかを確認するのを何度も繰り返しているうちに、うんざりしてきた。いつまでもタオルケットをめくったり戻したりしているわけにもいかないので、

「こんな感じでいいか」

と踏ん切りをつけて寝てみた。ところが翌朝、ふだんよりももっと肩が筋張っていた。まったく自分の体には合っていなかったらしい。こんな感じでよくなかったのである。その次の日は、一枚分、高くしてみたが同じ。また次の日は二枚分低くしてみたが、これまた同じ。自分でもこの状態が自分にとって、高いのか低いのかまったくわからなくなってきた。これはちゃんと専門家に見てもらったほうがいいのかもしれないとは考えたが、ひどい症状が出ているわけでもないので、そこまでしなくてもいいかなと思ったり、いったいどうしたものかと、ずっと悩み続けていた。

それからはテレビやラジオで「枕」と聞くと、敏感に反応していたのだが、ある朝、

テレビで大人気の枕と紹介されていたのは、たわし枕だった。

形状もまさにたわしがそのまんま大きくなったようなもので、本当にたわし！　と驚いたのだが、今後は形が改良されてドーナッツ型になるといっていた。たわし枕はヘッドマッサージ店で使われて評判になったという。たわし枕を使い、マッサージをする人のテクニックとも合わせると、どんな人でも十分ほどで入眠状態になるのだそうだ。見ているだけで気持ちよさそうである。しかしそれはマッサージをしてくれる人がいるからで、枕を買っても施術をしてくれる人はついてこないのだから、効果は半分かもしれない。それでも、頭皮はちょっといじめたほうがいいとか、洗って清潔に保てるとか、そういうところには惹かれた。頭皮が硬くなっていると首や肩に悪影響が出ると聞いた記憶があるので、頭皮をある程度刺激するのは必要なのだろう。

あの形状では頭に熱はこもらないだろうけれど、慣れるまではちょっと痛そうだった。お店ではヘッドマッサージを受けているので、ほとんど上を向いているのだろうけれど、家で使う場合、寝ている自分を考えると、上向きで寝ていても目が覚めたら、右を向いていたり左を向いていたりと、何度も寝返りを打っているようだ。そんなときほっぺたがたわしに押しつけられて、小さな無数の穴の跡がつかないのだろうかと心配になった。

興味はあるけれども、手作りのために入荷待ちという状態なので、すぐに買えるわけではなかった。そういえば私は若い頃、小さな紺色の布袋の中に胡桃の殻がごろごろと入っている、胡桃枕というものを使ってみたところ、睡眠時間が短くなり、とても目覚めがいいのにびっくりした。あまりにすっきりするのだけれど、これを使い続けたらいつか揺り戻しが来て、頭痛がするとか起きてもぼーっとするとかになるんじゃないのかとかえって心配になってきた。友だちにその話をしたら、

「頭にはツボもあるけれど、押してはいけない部分もあるらしいから、それだといけないところも押しちゃってるのでは」

といわれ、彼女の忠告に従って使うのをやめにしたのだった。

子供の頃からなじみがあるそば殻枕は虫がわくと聞いたり、パンヤは熱がこもるとか、ビーズは通気性はいいけれど、がさごそするとか、どれも一長一短だし、枕はそう簡単に買い替えられないのが難しい。専門店に行って首の傾斜を測定してもらう、オーダーメイドだったら問題が少ないのかもしれないが、なかなかそこまではできないのが現実なのだった。

そんなとき私が通販で調味料等を購入している、オーガニックの食品、日用品を扱っている店からのセールのお知らせに、推薦品のフライヤーが同封されていた。これまでにもフライヤーは毎月送られてきていて、オーガニックコットンの肌着だったり、遠赤外線のヒーター、汚れた空気を排出しない外国製の掃除機、ステンレス鍋、カシ

ミア毛布など、さまざまなものがあった。いつもは特に買うものはないけれど、

「ふーん」

といいながら一枚、一枚見ていた私の目にとまったものがあった。

女性にとてもよく売れている枕で、形状は角に丸みのある柔らかい四角をそっと握ったように窪（くぼ）みがついている。中身は細くカットしたチップ状のエネタンフォームで、それをまた同素材で包んでいる。エネタン素材は低反発のウレタンフォームで、体圧分散、抗菌、消臭、防ダニ、吸湿性があり、へたらず、ジャストフィットする。使う人の頭と首の形状に合わせて変形して首への負担を軽減し、通気性にもすぐれていて、睡眠中の頭部を適温に保つという。国内縫製でカバーは認定されたオーガニックコットンで作られている。枕にフィットするカバーなので、これならば皺（しわ）になりやすい麻の布のように、顔に跡もつきにくそうだった。

私はそのフライヤーをじっと眺めながら、あまり高い枕は好きではないし、そんなに女性向きに作られているのなら、試してみようかと買ってみた。ふだんは「女性用」「女性向き」と書いてあると、ふんっと無視していたのだが、どう考えても還暦を過ぎた私の体は男性とは違うので、今回は素直に従ったのである。

しばらくして届いたのは、硬いような柔らかいような不思議な感触の枕だった。大きさは縦四十センチ、幅六十センチ、厚さ八センチだが、指で押すとぐーっと沈んで

いき、指を離してしばらくするとゆっくりと元に戻る。こういったタイプの枕は使うのがはじめてなので、どんなふうになるのかなと心配だった。しかし枕に頭をのせてみると、ぐーっと頭の重みで沈んで安定した。圧迫感、不快感はまったくなく、翌朝の目覚めが楽しみだった。次の日の朝、起きてみたらいつもの肩が凝ったような感じが一切なくなっていて、肩がとても軽い。これはいいかもしれないと、それ以来、気に入って使っている。

ただひとつ、失敗したのは、こちらも以前の原稿に書いた、海洋プラスチック汚染、マイクロプラスチックの件である。この枕の本体はウレタンフォームで作られているので、実は避けるべき素材だった。カバーがオーガニックコットンというところで、つい大丈夫そうだと心が動いて買ってしまったが、届いてから、

「これはいけなかったな」

とちょっと反省した。

その点でいうと、玄関マットとタオルケットのほうがいいのだが、自分ではどうやってもうまくいかないのだから仕方がない。今のところ、新しい枕はそれなりに心地よく使っているが、また月日が経ったらこの枕でも不具合が起きるかもしれない。そうなったらまた新しい枕を探さなくてはならない。そういう問題やら、プラスチック汚染を考えると、玄関マットとタオルケットを処分できず、ひとまとめにして本置き

場の部屋の隅にそっと置いているのだった。

愛らしい紙のもの――レターセット、はがき

世の中では資源保護のため、ペーパーレス化が進んでいるというのに、私はどうしても紙類をすべて処分できない。本や雑誌もそうだし、原稿を書くときも一度プリントアウトしてからでないと推敲(すいこう)できない。連絡はすべてメールにはできず、仕事はともかくプライベートな御礼などには、誤字など、職業上あってはならないと緊張するけれど、手紙、はがきを書いてお送りする。それも官製はがきだとちょっとつまらないので、ステーショナリーを売っている店で気に入ったデザインを見つけると、すぐに買ってしまう。

何かを人に送るときには、一筆箋(いっぴつせん)にひとこと書いて同封するので、何冊も常備している。家には在庫があるのだから、店に立ち寄らなければいいのに、そのつもりがなくても目で店を確認したとたん、足が勝手に動いて店内に入ってしまうので、結局、店を出るときには何かしらを買っている有様なのだ。

昔ほどではないが、まださささやかに四季はあるので、買いおきのはがきや便箋、一筆箋の柄が、出す時季にそぐわないと、ふさわしい絵柄を購入する。春夏秋冬の各季節分と、一年中使えるものを買ってあるのだが、だいたい手紙やはがきを送ってくれ

る人は決まっている。いつも同じ柄を送るのはちょっとためらうし、あの人ならこの柄を喜んでくれるかもなどと思いながら、また別の絵柄を買ってしまうのだ。また、

「お送りいただく一筆箋やはがきがいつも楽しみです」

などといわれると、うれしくなってさらに在庫を増やしてしまうのである。

　同年輩、年下の方にはいいのだが、目上の方に対しては、あまりにおちゃらけた絵柄のものをお送りするのもはばかられるので、それなりに失礼のない絵柄か、シンプルなものを選ぶ。はがきでは失礼になる場合も多いので、目上の方には封書を送る。罫線だけのものも使うけれども、やはり季節を感じられるほうがと、四季折々の柄を選んでいると、またこちらも数が増える一方だ。

　私の家のリビングルームには、高さが七十センチほどの木製キャビネットがある。そこには四段の深い引き出しがあり、私製はがき、カード、便箋、封筒、封緘シール、文香などのステーショナリーを入れている。日々、物を減らす作業は続けているが、この引き出しがどれもぱんぱんになっていて、いちばん上の引き出しは閉まらないまま、中途半端に開けてあって、その上にまたカードやら便箋が積んであり、見るたびに、

「あーあ」

　とため息をついている。整理しなければと思うのだけれど、どれも気に入っていて、

送った相手も喜んでくれるとなると、そう簡単に処分できない。新しいものよりも、昔のもののほうがデザインが素敵だったりするので、古いものから処分というわけにもいかない。

また便箋と封筒の柄物のセットというのはうまくできていて、だいたい便箋のほうが早くなくなる。そうなると柄付きの封筒が余る。便箋のかわりに、白いカードを購入して、封筒だけ柄がある方式で消費はできるのだが、それも下心がばればれかしらと気になる。どうしてもセットで使いたい柄があると、新しく同じ柄の便箋を買ってしまい、それを使っていると今度は封筒がなくなって、そしてまた封筒を買うという、スパイラル状態に陥る。セットで買うときには、

「今度こそは便箋と封筒を同時に使い切ってやる」

と張り切るのだが、うまくいったことは一度もない。

同じようにステーショナリー類が好きな人たちは、みんな在庫を抱えて困っているらしく、私も何年か前に、友だちから、コレクションしていたネコの絵はがきの一部を譲り受けた。どれも洒落(しゃれ)たデザインのものばかりで、とてもじゃないけれど、

「いりません」

とはいえず、大喜びでいただいた。それらのはがきは六十枚が収納できるはがき用ファイルに入れて本棚に置いてあるので、整理に関しては特に問題はない。

問題があるのは、私が気の向くままに買ってしまった、引き出しの中のステーショナリー類である。それを所有物が少なく、部屋もきっちりと片づけている友だちに話したら、

「四季ごととか、相手によってステーショナリーを使い分けするのはわかるけど、どうしてそれを一種類ずつにしないの？　春用とか秋用とか、全部が二、三種類ずつあるのは無駄。便箋と封筒のセットも、基本の一種類だけあればどんな用途にも使えるでしょう」

と、とってもまっとうなご指摘をいただいた。その通りである。

「でもねえ……」

と先の理由をもごもごと話すと、

「ふーん」

といったきり黙ってしまった。そして、

「まず新しいものは買うのをやめる。在庫を使いきって、どうしても必要だったら新しいものを買ったら」

という。こちらもその通りである。しかし、私は相手によって礼を失しないように気をつける一方で、ある人たちには、

「こんなのあるぞ」

とおちゃらけたカードを送りたいのである。

ホールマークの「ユーモア時代劇シリーズ」のカードは、「誕生お祝い」「ありがとう」などの種類があり、イラストはすべて和風で、開くと中から内緒のものが飛び出す、立体カードになっている。「ありがとう」の舞妓(まいこ)さんカードは、まだきれいで愛らしいので、幅広い年齢の相手に使えるかもしれないが、「ありがとう」の他の図柄は町娘と病気のおとっつあん、大名行列である。「誕生お祝い」は家老が謎の鍵(かぎ)を前に頭を下げる姿、悪代官がイッヒッヒと笑いながら、悪徳商人と密会している姿、どれも開くと、テーマそれぞれに驚く仕掛けがしてあって、私は大好きなのだが、目上の方々にお送りするのは、ちょっと気が引けるのだ。

私としては、この面白さを他の人にも知ってもらいたいと思うけれど、彼女は、

「気持ちはわかるけど、面白さを伝えようとするから在庫が増えるんでしょ。自分だけの楽しみにそれぞれ一枚ずつ買って、眺めるだけにしておけばいいのに」

ともいう。またまたその通りであるが、私は、「こんな面白いものがあった」と人にいわないではいられない性格なのである。たまたま店頭でみかけて、存在を知ってしまったのが運の尽きだったのだ。

「で、そのカードは何枚買ったの」

「それぞれ三枚ずつ」

彼女は呆れていた。

「あっ、おとっつあんのは、五枚買った」

それ以上、彼女は何もいわなかった。そして、しばらくの沈黙の後、

「誰かに手紙を書かなくちゃと思った時点で、はがきや便箋を買うくらいでいいんじゃないの。私なんかステーショナリーなんか、特に持ってないわよ。切手だって手紙を出しにいくときに、郵便局で一枚ずつ買うんだもの。あなた、切手もたくさんあるんでしょう」

と痛いところを突っ込んできた。記念切手は発売ごとに買っているわけではないが、気に入った図柄をシートで買う。母親の学生時代のお友だちに、本が出るたびにサインをして贈呈するところが十件ほどあるので、そのたびに三千円ほどの切手が必要になる。郵便局でまとめて、切手がわりのシールを貼ってもらえばいいのかもしれないが、私は時季や相手の方に合わせて切手を貼るのも楽しみなのだ。

実は切手に関しては、在庫を使うようにして、買う回数を減らしていた。しかしそんなときに、別の友だちから、

「知り合いの老夫婦が長い間切手を集めていて、もう歳を取ったので、切手が好きな人に、額面でいいから買ってもらいたいっていっているんだけど」

といわれて、彼女に預けられたファイルを見せてもらった。その老夫婦は以前、大

量の切手の収集ファイルを買い取り業者に買ってもらい、総額六十万円の値がついたという。そのときに売らなかった、特に価値があるわけではないが、自分たちが気に入っている切手を持っていたのだが、それも手放そうと思われたというのだ。

古いものなので額面金額は低いが、洒落た図柄のものばかりで、私はすぐに、

「買う、買います」

とその場でお金を払って、ファイルをもらってきた。私の財布に入っている程度のお金でこんな素敵な図柄の切手が買えたなんてと、とても喜んだのだが、当然、在庫がまた増えた。私にとっては実用的なものであっても、そうではない人から見たら、ステーショナリーや切手をたくさん抱えているのは、趣味の範疇と思われているのだろう。自己満足かもしれないが、はがきでも便箋でも一筆箋でも、もちろん時と場合によるけれど、無地の簡潔なもののみで送るのはどうも味気ない。もうちょっとどこかに愛想があってもいいんじゃないかと思っていたら、こんなことになってしまった。

ホールマークの「ユーモア時代劇シリーズ」の他には、カードや柄のある便箋、封筒のセットは、G．C．PRESSのものが多い。越前和紙、美濃和紙で作られたはがきや便箋は、万年筆での書き心地がよくて、愛用している。はがきの「花丸文」は艶淡い色合いで縦罫が引かれたはがきの下部八ミリほどに細かく色が散らしてあり、艶消しの銀色で、藤、菊、牡丹などがちょうど着物に付ける家紋くらいの大きさで、丸

柄が浮き出るように印刷されている。はがきだけれど、ちょっと格調高い雰囲気なのである。カジュアルな感じのはがきは美濃和紙で、「侘彩」は渋めの色四色で縦罫、「彩彩」は水色で枠取りしたなかに鮮やかな四色の縦罫が入っている。便箋はポップな和風柄、紫陽花、紅葉などをよく使っている。

嵩山堂はし本は、京風の愛らしいものが多い。出産祝いの手紙などに使っていて、「文乃香」にもたくさんの種類があるので、封筒に入れたりもする。はがきのなかで、ネコがころんと寝転がっている柄が大好きで、これは在庫を絶対に切らさないように愛用してきたのだが、オンラインショップにこの柄の掲載がなくなって正直あせっている。

シンプルな便箋は、私が手紙やはがきを書くのが好きだと知った方から、封筒とセットでいただいた鳩居堂のもの。それと伊東屋オリジナルの便箋と封筒を使っている。榛原にはグッドデザイン賞受賞の「蛇腹便箋」というものがあり、これも使いやすい。大きめの一筆箋が横につながった状態で、折り目のところにミシン目が入っているので、好きな枚数にカットできるのがミソである。あれもこれも持っているのは面倒くさいという人には、一筆箋と便箋が兼ねられるこれは便利だと思う。封筒とセットになっているタイプもある。またこれには本当に愛らしい「ちいさい蛇腹便箋」もあって、縦九十五ミリ、横四十ミリの小さな便箋に、おそろいの封筒までついている。

私が持っているのは縦書きのみだが、榛原の復刻千代紙製の小箱に入っていて、これはもったいなくて使えない。蛇腹便箋には柄がいろいろあって、どれを見ても胸がときめく。子供の頃にマッチ箱に千代紙を貼って、大事に使っていたことを思い出して、取り出しては頬をゆるめている。私は紙が美しくて大事だった、六十年も前の感覚が忘れられず、ステーショナリーを抱えこんでいるのかもしれない。

ふだん使いの食器――豆皿、大皿

家族で住んでいる人たちはともかく、ひとり暮らしで食器を持っていない人はいるかもしれない。自炊はせず、食事はすべて外食か中食で済ましていれば、売られているままの容器を使って、それを電子レンジで温められる。お箸も申し出ればくれるし、食べ終わったらそのまま捨てればよい。このような生活だったら食器を持つ必要はないのだ。

ずいぶん前に陶芸を教えている大学の教授にお話をうかがったとき、日本の陶芸家は外国の陶芸家から、とてもうらやましがられるとおっしゃっていた。外国の食卓はプレートやカップなどの大きさがほぼ決まっている。それに比べて、和食の食器を作る日本の陶芸家に対して、「さまざまな形の食器を作ることができていいね」といわれたのだとか。皿などは寸でほぼ決まっているが、花や動物、魚を象ったものなど、変形のものも多い。小鉢や向こう付けなどは、器自体がリアルな紅葉や空豆の形になっていたりする。形は何でもありの自由さなのだ。外国の食器もその国らしさが表れていて、持っていると楽しい。洗う手間が面倒なのはわかるけれど、そういった生活の楽しさをすべて手放すのは残念だと思う。

私が二十代の半ばでひとり暮らしをはじめたときは、自分で一からすべてを揃えられるのが、うれしくてたまらなかった。基本的にはシンプルな和食用で、たまには洋食も作るので、大きめの洋皿も必要だった。また朝食の際に、カフェオレをカフェオレボウルで飲むというのにも憧れていたので、カフェオレボウルも買った。その頃、雑貨が注目を浴び、雑貨店もやたらと増えていたので、目につくものを買っているうちに、引っ越しの際にもらった食器棚の中はすぐにいっぱいになった。最終的には家族四人分くらいの量になったような気がする。そのなかで使い勝手のいいものは決まっていて、数があったとしても、日常使うのは、そのうちの何枚かしかない。そしてなぜか価格が高く、意を決して買ったものから割れたり欠けたりし、安くて丈夫なもののみが残っていくのだった。

次の引っ越しのときに、これがチャンスと食器を減らそうとしたら、和食用の皿ですべて代用できるとわかって、洋皿はすべて処分した。特に柄が気に入って買った洋皿の一部は、欲しいという友だちにあげ、よく使ったものはあげるのに躊躇したので、それは処分した。しかしスペースを取らないせいか、小皿、小鉢の類はすべて持って引っ越した。小さいのでいつでも処分できると思っていたからだった。その後、少し広い部屋に引っ越したときは、来客が多くなったので、私は飲まないのだけれど、ワイングラスやタンブラーなどを、六人分購入した。

そんな過程を経て、今の部屋に引っ越して三十年近くなるのだが、あるときから、「来客があったとき、お茶は出すが食事は出さない」と決めてしまったので、それらのグラス類、寿司桶も処分した。食事を出さないとなると、自分一人分の食器だけで済むので、再びほとんどの食器を処分した。また禅僧が使う応量器を知ってしまい、私はこれさえあれば、十分ではないかと、注文してから三か月待って、これを手にしたのだった。

応量器は全部で五つの器が入れ子になっていて、このひと組で御飯からおかず、漬け物までをまかなう。頭のなかでは食器は応量器のみにしようと考えていて、毎日、応量器に入れて食べていたのだが、だんだん味気なくなってしまった。応量器を使う禅僧の方々は、邪心なくこれで一生、食事ができるかもしれないが、私はまだまだ欲望が抜けていなかった。最初はこれが素敵な食事の風景と思っていたのが、飽きてきたのである。

「ちょっとくらい、食卓に柄があってもいいのでは」

それは以前、白い食器に凝って、揃えたときと同じ感覚だった。

「毎日、毎日、白い食器って……、楽しいのだろうか」

そう考えはじめたら、食事がとてもつまらないものになってきたのだった。前にもそんなことがあったのだから、ちょっと考えればよかったのに、すぐに形か

ら入ろうとする私は、また失敗した。安くはない応量器をどうしようかと考えていたら、ちょうど母親が遊びに来たので、

「これ、いる？」

と聞いたら、

「いる、いるっ」

と大喜びで持って帰ったので、ほっとした。

その後、不用品排除のマイブームはいまだに続いているのだが、またひょっこりと私の手元に応量器が届けられた。友だちが人からいただいたのだが、自分は使わないから送ったという。私が応量器を手放した理由を話したら、

「へえ、でも使ってよ」

という。

「そうか、またうちにやって来たのか」

と思いつつ、しまっておくのも何なので、たまに使っている。

応量器にも形がいろいろとあるようで、母親に持っていってもらったものは、いちばん外側の器が、下から上に向かって開くような形になっていて、縁にも丸みがあった。しかし今回のは、大きさの違うお椀（わん）が入れ子になったような形である。前に応量器を手放したときから、十年以上経っているが、これからの老後を考えると、この応

量器と大きめの皿一枚、それに湯飲み、カップ程度で十分かもしれないと考えるようになった。

先日、ミニマリストの女性のSNSを見ていたら、彼女が持っている食器は、マグカップ、木製のボウルと大きめの皿がひとつずつだけだった。キッチンは物が出ておらず、ぴかぴかに磨かれている。

「素晴らしい！」

あまりのすっきり具合に感心してしまった。

私は料理をはじめ、家事にはあまり時間を割きたくないし、食器洗いも嫌いではないが、洗い物は極力少なくしたい。応量器はコンパクトに収納できるのは利点だが、数としては五個である。それよりもミニマリストの女性のほうが持ち数はずっと少ないのだ。

また昔からの雑誌の切り抜きやインターネット上の画像をプリントアウトした、気になった人たちの生活をストックした封筒を取り出して見ていると、私よりも五、六歳下と思われる、ひとり暮らしの女性の食器は、二十センチ×三十センチ、高さ十二センチほどのプラスチックケースに入っているだけだった。それもぎっちぎちに入っているわけではなく、まだまだ余裕がある。そして彼女のキッチンも、ぴかぴかに磨かれていた。

「たしかにこれだけで、十分生活はできるよなあ」

私は、彼女たちのいさぎよい生活ぶりを学ばなければ、そしてもっと食器の数を減らせるなあと考えながら、引き出しに入っている食器を全部出してみた。

二、三年ほど前、ある単行本で、自分が持っている食器について書いたけれども、それからは多少ラインナップが変化している。御飯茶碗と、五寸五分皿が一枚。直径十一センチほどの小皿が二枚。こちらは、二十年以上前に母親と京都旅行をしたときに、有名な骨董店で購入したもので、この大きさは少量のおかずなどを入れたり、おやつをのせるのにもとても便利なので、ずっと使い続けたい。他には食卓のアクセントにもなる、小鉢、ちょこっと漬け物や箸休めなどを入れる豆皿がいくつか。焼き魚やおかずを少しずつのせる長方形の皿と、同素材の小鉢。緑茶用の湯飲みと応量器。

洋食器はロイヤルコペンハーゲンの「ブルーフルーテッド　メガ」が好きなので、カレーなども盛れる、直径二十五センチのディーププレート大皿と、フリーカップが一個。あとは重いけれども、処分するのに踏ん切れない、アラビアの「パラティッシ」のイエローのプレートとボウル。ムーミンマグが三個。夏用のコスタボダのガラス皿、イッタラの「カステヘルミ」の小さいボウルと脚付のスタンドボウル。不揃いのガラスのコップ三個。そのほか来客用の緑茶を淹れる急須、茶托・茶碗が三点ずつと、やっぱり多い。

今のところ、これらの食器が収納棚からあふれているわけではないが、所有する食器が三点だったり、膝(ひざ)の上にのるようなケースに入るほどの量で暮らしている人が現実にいると、

「これだけあってもなあ」

と正直ため息が出る。もっと少なくても絶対に暮らせる。しかしそれが処分できない。それはそのつどそれなりに役に立っているからだ。藍(あい)色や茶色の食器のなかで、柄があったり、材質が違ったり、色が違ったりすると、私の代わりばえのしない料理も、ちょっと変化がつく。様々な料理を作れる人ならいいけれど、もともと料理が好きではない私にとっては、自分で料理を作るときに、テンションがあがるきっかけが必要なのだ。たいしたことではないが、「黄色い豆皿にちょこっと蕗味噌(ふきみそ)を入れよう」とか、ふだんは紅茶をストレートで飲んでいるけれど、「おろし大根を入れている器に、レモンを切っていれてみよう」など、変化が欲しいのである。

こういう理由で小鉢や豆皿がじわりじわりと増えてきた。私の「このくらいならいいだろう」主義がこのような結果を招いたのである。

料理上手の友だちに相談すると、

「どうせ食器として使わないんだったら、パラティッシは鉢植えの受け皿にしたら」

という。ああ、なるほどと納得して、観葉植物の鉢の下に置いたら、それなりにお

さまってくれた。彼女の知り合いの裕福なお宅のお母さんは新婚当時からティーセットを集めるのが趣味で、最低六ピース、最高二十一ピースのものが、大きな食器棚六台分＋物置に詰め込んであったという。お母さんは体調を崩して高齢者施設に入り、そのかわりに実家に戻った娘さん夫婦は、自分たちには使い途がない食器のあまりの量にびっくりして、処分するのに一週間かかり、夫婦ともぎっくり腰になりかけたという。

「だから歳を取ったら、何でも物は少なくしないとだめなのよ」

彼女から何度もそういわれているのだが、それができない自分が悔しい。

「メガの大皿は、洗うのが面倒なときに、料理をひとつに盛ると便利だし。小鉢も繊細な手描きでいいんだけどなあ」

あれやこれやと踏ん切りがつかないなかで、現時点で必要がないものは何かと考えたら、最終的に応量器になってしまった。あれだけ、応量器があったらそれで食器はすべてまかなえると思っていたのに、今はいちばん不用なものとなってしまったとは、我ながら情けない限りである。御飯茶碗も汁椀も同じ感触というのが、私にはだめなのだった。御飯茶碗は陶器、磁器の重みがあり、汁椀はそれよりも軽い木の手触り。食器は手に取るものなので、やはりそれぞれに違いがあって欲しいのだけれど、手への感触がすべて同じなのが、私は苦手だとわかった。

応量器は職人さんが木をくりぬき、漆をひと刷毛(はけ)ひと刷毛塗り重ねていったと思うと、簡単には処分できない。これをくれた友だちに連絡し、事情を説明したら、

「うん、引き取るよ。最近は食卓にちょっと赤い色があるといいなって、思いはじめたから」

といってくれた。私はほっとして御礼の手ぬぐいとふきんを添えて送り返した。そしてこれからは、厳選して数を減らすだけと、強く自分にいいきかせたのである。

昭和の本棚の趣──木製の扉つき

私の両親は特に本好きではなかった。私が幼い頃、父は絵を描く仕事をしていたので、その参考になる、分厚くて重い洋書の画集や写真集はたくさんあったけれども、それらは父の仕事机の周辺の畳の上に平積みされていた。これは母から聞いた話だが、私が本好きだとわかった三歳の頃から、欲しがる本とレコードは何でも買い与えたという。手をつないで散歩に出て、書店に近づくと母の手を振り切り、とことこと歩いて中に入って、三和土（たたき）にぺたっと座る。そして手の届く棚にある絵本を勝手に取り出して、ページをめくりはじめるのだそうだ。母が本を見せて、

「これにする？」

と聞くと、欲しいときはうなずき、欲しくないときは首を横に振って意思表示をしていたらしい。自分でもどういう基準で判断していたのかわからないが、幼児でも表紙を見て、欲しいものと欲しくないものがあったのだろう。

このような状態で、あっという間に本棚はいっぱいになった。物心がついて家の本棚と認識したものは、私が大学生になっても使っていて、幅が八十センチ、奥行きは二十センチくらい。高さは百八十センチはあった。いつもその本棚の中には、私の本

がぱんぱんに詰まっていて、周囲にも積んであった。読み終わった本を両親が、

「これいる？」

と聞き、

「いらない」

といった本は、いとこたちに送られていった。もしかしたらその本棚にはずっと父の本が入れられていたが、子供が生まれて背の高い本棚に分厚い本が入っているとあぶないので、本を仕事机の周辺に移動し、私のために空けてくれたのかもしれない。

小学校低学年の頃は、泊まりがけで遊びに行くときにも、必ず本を持っていった。汽車に乗って行く長丁場なので、持っているなかで分厚い本を二冊くらい、薄いものだと四冊くらいを持っていくのだが、当然、持つのは親である。それもすべて行きの車中で読み終わってしまい、

「読むものがなくなった」

と退屈していた。それを聞いた両親が、

「本は何度も繰り返して読むものだから、もう一度読みなさい」

というものの、すでにお話の内容がわかってしまったので、いまひとつ興味が持てない。ただぱらぱらと最初からページをめくるだけで、すぐに終わりまできてしまい、

「もう、いらない」

と本を両親に持たせては、ずっと窓の外を眺めていた。そのたびに母からは、

「また荷物が増えるでしょ。あなたが読みたいっていうから、わざわざ持ってきたのよ」

と叱られた。しかし外出をするときに、本を持っていくという私に、親としては持っていくなとはいえなかったらしく、列車内でいつも親子喧嘩（げんか）が発生した。その後、父が自家用車を購入してからは、車内で本を読むと気持ちが悪くなるのがわかり、外出するときに本は持っていかなくなった。

図鑑や子供用の文学全集が増えてくると、私の本はますます廊下や畳の上、縁側に積まれていった。それを見た母からはいつも、

「いる本といらない本を分けて。いらないものは送るから」

といわれていた。しかし、

「本は何度も読み返すから、いるとかいらないとか、いえないんだよ」

というと黙ってしまった。そしてまた二週間くらい経つと、

「いる本といらない本を……」

といいはじめ、また私も同じ返事をする、その繰り返しだった。最後は根負けした両親が、新しい本棚を買ってくれた。それは木製ではなくてスチール製だったと思う。本を棚に入れるときに、木の本棚と違ってひやっとする感じがあったが、新しい本棚

が来てとてもうれしかった。

小学校四年生のときは、グラフィックデザイナーになっていた父が、我が家史上最高収入を得ていて、大手出版社の重役が持っていた家を借りて住んでいた。庭が広くコンクリート打ちっ放しの、水洗トイレ式の洒落た家だった。リビングルームの一面は作り付けの大きな本棚になっていて、そこにはそれまで父の仕事机の脇に積まれていた、画集や写真集が置かれた。子供部屋がわりに、父が庭の隅に私専用の六畳ほどのプレハブを建ててくれたので、本棚二本はそこに置いた。漫画本や、少年少女向きの漫画雑誌も買っていたので、本や雑誌は増えるばかりだった。

ところが私の中学入学を前にして、あっという間に家計が左前になり、三分の一くらいの大きさの家に引っ越すことになった。その家での四畳半の私の部屋にも、作り付けの棚があった。しかし持ってきた本はすべて収められず、仕分けをしていらない分はいとこたちに送った。それからは友だちと本の貸し借りをしたり、学校の図書室を利用したりして、なるべく本を増やさないようにしていた。

その後、3Kのマンションに引っ越し、私が二十歳のときに両親が離婚して父が家を出て行った。本棚二本は私の部屋に置いてあったが、入らない本は押し入れや机の周囲に積んであった。離婚してせいせいしたのか、母は毎日テンションが高く、学生時代のクラス会に行ったら、恩師が家具店を営んでいるのを知り、「本棚を注文してきた」と手にしたカタログを指さした。私は何も頼んでいないのに、当時はやりはじめていたスライド式の大型本棚、それもナラ材のものを勝手に買ってきたのである。それも「買ってあげる」というのならともかく、支払いは私なのだ。びっくり仰天するような二十万円近い値段で、学生が払えるようなものではない。当時私は自分の学費、お小遣いもすべて書店でのアルバイトで調達していたのである。どうしてそんなことをしたのかと怒ると、

「だって、本が入りきらないっていってたじゃない。分割にしてもらったら大丈夫」

などという。たしかに本は本棚からあふれていたが、何もそんなばか高いものを買わなくても、ごくごくふつうのもので十分なのだ。見栄っ張りの彼女は、恩師の前でいいところを見せたかったのだろう。

その被害を受けたのが私である。届いた壁のように大きなスライド式本棚は、たしかに収納力はあったが、大学教授のお宅ならともかく、ただの学生の畳敷きの狭い部屋には不釣り合いなものだった。それまで私の部屋にあった本棚は弟の部屋に移動させ、その大きな壁の前で大量の本を見上げつつ、私はどこかおかしいと思いながら寝ていたのである。

その大きな本棚は、四十歳くらいのときに、知人にあげてしまった。他のものはほとんどないのに、本だけは少ないときは三千冊くらい、多いときは五千冊くらいはあ

った。それらを持って引っ越していたのだが、あまりの量に自分でも困っていたので、大きな本棚があると買ってしまうから、これからは小さい本棚にして、その中に収まるだけにしようと考えたのである。いちおう母に「本棚は友だちにあげた」と報告すると、

「あっ、そう」

とそれだけだった。自分はお金を払っていないから、どうなろうとどうでもいいんだろうと憎々しく思いながら、圧迫感がなくなった部屋を見て、せいせいした。

そしてその後にうちの近所の古道具店で購入したのが、今使っている本棚である。昔風の木製の本棚が欲しくて見に行くと、扉つきのものに目を奪われた。子供のとき、こういう本棚に憧れていたのを思い出した。友だちの家に遊びに行くと、お父さんの部屋に置いてあったこのような本棚に、分厚くて難しそうな本がずらっと並んでいた。大きさは高さ百五十センチ、幅九十センチ、奥行き三十二センチで、自分の身長よりも高い本棚はもう買わないと決めていたので、それにもぴったりだった。

白壁でフローリングのＬＤＫには雰囲気が合わないので、入居時からグレーのカーペットが敷いてあった部屋に設置した。この部屋は仕事部屋だったのだが、ネコを保護してからは、ここで仕事をしていると大声で鳴いて何度も捜しにくるので、結局、仕事はＬＤＫの食卓でするようになってしまった。なのでここは日用品のストック、

季節外れの寝具、そして本を置く部屋になっている。

　本はどんどん減らしているので、この本棚にはこれからも絶対処分しないであろう本を入れた。中に入っているのは「尾崎翠全集」「樋口一葉全集」「樋口一葉來簡集」「樋口一葉事典」「馬琴日記」「謡曲集」「断腸亭日乗」「世阿弥芸術論集」など厚みがある函入りのものが多く、他には辞典類、ネコのものも含めた写真集、読み返す可能性がある文庫本、小唄の手製の楽譜、唄本などもある。ここに入っている本のほとんどは、手放さないつもりだが、「謡曲集」のようにひろい読みをしただけで、通読していないものもあり、読んだ結果によっては手放す可能性もある。

　扉つきではなく、ごく一般的な本棚は二本ある。そのうちの一本は、単行本、文庫本、漫画本、和裁、手芸、編み物関係の本、雑誌などを入れていて、下段には立てて入らない雑誌や本が横積みになっている。上の段も後ろが単行本、前が文庫本と二段構えになっていて、それでも足りないと文庫本を横積みにして、置ける冊数をかせいでいる。もう一本には、私はすぐに処分したいのだけれどそうはいかない、税金の申告書及び各種税金の通知書、領収書のファイルが七年分。総勘定元帳も七年分取っておかないといけないらしいのだ。ファイルの一部は、棚の寸法的に縦置きができないので、横に積んである。

　私の日々の生活には必要がない、それらの税金関係のファイルを入れたあとの空いたスペースに、単行本、文庫本を横積みにして、詰め込めるだけ詰め込んである。たまに、横積みにしている文庫本がバランスを崩してどさっと落ちたりするので、ここも整理しなくてはならない。若い頃に比べてよくぞ百冊単位まで減らしたとは思うのだが、またもう一段階、減らす必要が出てきた。ともかくこの年齢になって、体に負担がかかるものは極力避けたいのである。何か月かに一度、バザー開催のお知らせが届くと、何か送れるものはないかと本棚の前に立ち、段ボール箱を横に置いて、本を詰めていく。そのつど三箱から五箱くらいを送り、

「ああ、すっきりした」

と喜ぶのだが、しばらくするとまた本棚はぎっちぎちに詰まっている。

同年輩の友だちのなかには、「だから老人には、スペースをとらない、電子書籍がいい」という人もいる。以前に比べて画面も読みやすくなっているそうである。しかし私はどうしても本の手触りが好きなのだ。装丁はもちろん紙の手触り、造本の細かい部分を愛（め）でたいのである。ただ文字が読めればいいとは思っていない。しかし明らかに私は本をもっと減らさなくてはいけないのである。理想は前後二段構え、横積みをなくして、横一段ですべて本のタイトルがわかるようにすること。今は本を探すときに、首を縦にしたり横にしたり、面倒くさいのだ。これからも本を買い続けるとなると本棚の一段分は空きが欲しい。もちろん本棚を減らすことはあれど、増やすなん

てまったく考えていない。

そして先日、バザーのお知らせが届いた。いいタイミングと喜んだのはいいが、これから選別のための苦悩がはじまる。苦渋の選択の結果、残ったのが今の本棚にある本なので、搾り取ったものからまだ搾り取れるのかとも思う。本棚の前に段ボール箱を置きながら、頭を抱えている日々なのである。

やむをえず汗対策――ヴェレダ、ボディシート

夏になるとどうしても汗が気になってくる。私が十代の頃も気にはなっていたが、今ほどデオドラント商品がなかった。あったのは今でも売られている、banのロールオンタイプくらいだった。ただ無臭ではなくフローラル系の香りがあって、学校にはつけていけないので、登校するときには、タルカムパウダーをはたいていた。

中学生のとき、同じクラスのPくんという男の子が、突然、フローラル系の香りを漂わせて登校してきた。女子たちはすぐにbanの香りとわかり、

「どうしたのかしら、あんな匂いをさせちゃって」

「お姉さんがいるから、それをこっそり使っちゃったんじゃないの」

と教室の隅でこそこそと話していた。

男の子たちは彼が通り過ぎたあとの匂いを嗅ぎ、

「あーっ、あいつ、香水つけてきた」

と大騒ぎになった。ただでさえうるさい男子中学生は、

「どうした、何をつけてきた」

「女みたいだぞ、おい」

と興奮して矢継ぎ早に彼に話しかけ、Pくんは、真っ赤な顔をして、

「おれのことは……、今日はほっといてくれよ……」

と力なくいっていた。そんな姿を見ながら女子たちは、苦笑するしかなかった。

授業中、教室内を歩き回っていた先生が、Pくんのそばに近づくと、

「あれ？　何かいい匂いがするな」

といった。彼は真っ赤になってうつむき、みんなはくすくす笑った。周囲を見回している先生の横で、Pくんは力いっぱい脇を締めた姿勢で体を縮めて、真っ赤になった顔を立てた教科書で隠していた。

「先生、Pが何かつけてきたんですよ」

最後列に座っていた、クラスでいちばん声が大きくておしゃべりな男子が大声で叫ぶと、Pくんは、

「はあぁ〜」

と情けない声を出して机に突っ伏してしまった。

「そうなのか？」

聞かれた彼が小さくうなずくと、先生は、にやっと笑いながら、

「教室でいい匂いをさせていると、みんなの心を惑わすからなあ」

といって授業に戻った。みんながちらちらとPくんの様子をうかがっていると、彼

は何度もため息をつきながら、制服の半袖シャツの上から脇の下を何度も触っていた。

Pくんと同じ部活の仲のいい女子が彼から聞いた話を、放課後教えてもらうと、「汗が気になってきたので、何かいい方法はないかと洗面所の棚を開けたら、banがあったので塗ってみたら、脇の下からいい匂いがしてきたのでびっくりした。脇を洗おうと思ったのだけど、それをやっていると遅刻してしまうのでそのまま登校してしまった。すぐに匂いは消えると思っていたのに、ずっと匂い続けていた」としょげていたというのだ。私たちは、

「やっぱりお姉さんのを使ったんだわ」

「塗るときに気がつかなかったのかしら」

「学校に行かなくちゃならないし、急いで塗っちゃったんじゃない」

とこのときばかりは、女子と同じ悩みを持っている、気の毒なPくんを思いやったのだった。

当時は男性用のデオドラント系の化粧品などなかったような気がする。私が覚えている汗対策としては、ミョウバンを水にとかして一日置き、それをうすめて脇の下に塗るといいと雑誌に書いてあった。しかし多くの男性は、そんなことなどしていなかったと思う。汗はかき放題、臭いも放ち放題だったはずだ。しかしそれから数十年が経って、女性はもちろん男性も汗と臭いの問題に、関わらなくてはならなくなったの

だ。

現代は汗や臭いが許されない状況になってしまった。臭いについては予防するグッズもたくさんあるけれど、汗をかくこと自体をすべては止められないし、かえって汗をかかないほうがあぶないので、もうちょっと汗に寛容でもいいのにと思う。しかしちょっとでも衣服が汗で濡れるのなんて、自分がそうなるのはもちろん、他人の姿を見るのもいやという風潮になっている。

若い人はまだいいけれど、私のような年齢になると、汗と共に問題になるのは加齢臭である。だいたい臭いというものは、本人がいちばんわからないらしいので、それが困る。近所のスーパーマーケットに行くと、私と同年輩かちょっと上くらいの男女とすれ違ったときに、

「あれ？」

と感じる。そうなると、私も知らないうちに、他人様に迷惑をかけているかもと気になるのだ。

私は皮膚が弱いので、毎年、初夏になって気温が高くなり、最初に汗をかくと、まだ皮膚が汗に慣れていないので、汗荒れを起こしてかゆくなってしまう。何日か経つと肌も慣れてくるのか、かゆみも収まってくれるのだが、その一週間くらいが辛い。それを乗り越えて真夏になり、連日、汗をかくようになると今度は臭いが気になって

くる。冬は肌が乾燥しないように、石けんで洗うのはなるべく控えていたが、冬以外は毎日、お風呂に入るたびに石けんで洗っていた。若い頃はごしごしこすって洗っていたが、それは肌に負担がかかるのでいけないと聞き、それからは石けんを泡立てて撫でる程度にしたのだけれど、それだけでは心配になってきた。

通常は夜、湯船に浸かり、それに加えて、五月、六月は汗をかくような暑い日、七月、八月は毎日、朝のシャワーを追加するようになった。朝のシャワー時に、ふつうの石けんを使っても、汗の臭いにはあまり関係ないような気がしていた。仕事をしながらふとした瞬間に、

「もしかして、私、臭い？」

と感じたりもした。同居している老ネコが、

「あんた、臭い」

と正直に教えてくれればいいのだが、そうはいかない。体を洗うのに使っていたのは、オリーブが原材料の手作り石けんだったが、デオドラント効果はない。夏場のシャワーの際には、用途に合ったものを使ったほうがいいと、二〇一八年の猛暑のときから、夏だけシャワージェルやボディソープを使うようになった。以前、基礎化粧品を使っていた、ヴェレダのものだ。合成保存料、合成着色料、合成香料、鉱物油は一切不使用。そのため使用期限がある。バイオダイナミック栽培、有機栽培、野生の植

物を使用。スイス本社では動物実験を一切行っていない。

いくつか種類があったのだが、まず紺色の「シャワージェル」と、ピンク色の「ワイルドローズ　クリーミーボディウォッシュ」を買ってみた。紺色のほうはいちおう男性用だが、男女共通で使えるハーブの香りで、オイルフリーになっている。ピンク色のほうは優しい香りがする。紺色のほうよりもしっとりした感じだった。真夏に使うには、ハーブの香りのほうがすっきりするし、香りも甘ったるくなくて私は好みだった。しかしワイルドローズの香りも捨てがたく、そのときの気分と気温の高さで使い分けている。

そしてそのうち、ちょっと別のものも試したいと思い、同メーカーのオレンジ色の「アルニカ　スポーツシャワージェル」、黄緑色の「シトラス　クリーミーボディウォッシュ」も買ってみた。アルニカのほうはローズマリー、ラベンダーの香りが主で、私は好きだけれど、ちょっと癖があるので、香りの好みは分かれるかもしれない。しかしスポーツシャワージェルとあるので、スポーツの前後にはふさわしいようだ。シトラスのほうは柑橘系の香りだが強くはない。私は特に紺色のハーブと、ピンク色のワイルドローズが気に入っている。

家にいるときは、朝シャワーで十分なのだが、外出するとなるとまた別の汗対策が必要になる。ずっと夏場はタイのハーブが原材料のデオドラント商品を使っていたのだが、それが原材料不足で長い間品切れ状態だった。他のものを探さなくてはならず、メイドオブオーガニクスの、オーガニック成分配合率が九十八・九パーセントの「DEロールオンEXクールIM（アイスミント）」、また昨年からは猛暑に負けて、同じメーカーのオーガニック成分配合率九十八・四パーセントの「DEボディミストEXクール IM」も使うようになった。ロールオンタイプは体に密着する服のときは、ローションという性質から、服に跡が残る可能性があるかもしれないので、そういった場合はミストにするとか、その程度の使い分けをしている。

また夏場に着物を着るときも、汗は大きな問題である。朝シャワーを済ませても、着付けている最中に汗が噴き出てきて、毎回、着終わったときには汗だくになっている。

「着るときに、部屋をクーラーで二十度以下に冷やしておくといいわよ」

と教えてもらったのだけれど、うちには老ネコがいるので、短時間とはいえ急激に室温を下げるのはためらわれる。しかし汗だくは辛いので、すぐそばで扇風機を作動させて、しのいでいる。それでも汗はかいてしまうので、対策が必要になるのだ。外出する際には、小さな保冷剤をハンカチで包み、さらに防水加工をした袋に入れて、持ち歩いたりもする。それを手に持っていたり、首筋を押さえると猛暑でも何とか着物で外出できるのだ。

着付ける前は念のために汗を拭く敏感肌用のボディシートを使っていたが、それを洋服のときに使ったら、色が濃い服の肘の内側など、汗が溜まりがちな場所が白く汚れた。着物の場合は、夏の肌着や襦袢はだいたい白かごく薄い色なので目立たないのだが、それが付着するのはいやなのでやめた。後日、わかったのは、女性用のボディシートには、肌をさらっとした感触にするために、パウダーが含まれているので、乾くと白く浮き出てくる場合があるそうなのだ。

あれこれ情報を集めた結果、着物のときにはパウダーが使われていない、男性用のボディシートがよいと聞いたので、着物用にそれを購入するようになった。しかし現在は男性用でもパウダーが配合されているものもあるらしいので、表示を確認しなければならなくなった。無香料であればブランドにもまったくこだわりがなく、適当にドラッグストアで買っている。たまたまうちにあったのは「ギャツビー　アイスデオドラント　ボディペーパー」だった。メントール配合なので、体を拭くとすーすーするのだが、それもこれから重ね着である着付けをする身にはありがたい。アルコールが入っていて、肌が弱い私は体を何度も拭くと赤くなるのだが、今のところ痛みやかゆみが起こっていないので、よしとしている。

また、本当かどうかわからないが、男性用のボディシートで体を拭くと、蚊に刺されないと聞いた。それが本当だとすれば、蚊が世の中でいちばん嫌いな私には、最高の商品である。実際、男性用を使ったときには蚊に刺されなかった。着物の場合は体のほとんどが隠れているので、洋服よりはましなのだが、奴らは着物から出ている手、首、顔などを狙ってくる。それが避けられるだけでもありがたい。これから年を追うごとに、湿気の多い夏の暑さに悩まされるだろうが、体に負担をかけない汗対策グッズを上手につかって、鬱陶（うっとう）しい毎日を乗り切ろうと思っている。

とにかく涼しく――麻のベッドパッド、麻のケット

この連載の三回目のテーマは、夏の寝間着、寝具についてだった。昨年は猛暑で、いったいどうなるのかと思ったが、今年はスロースターターで七月は気温が低かったのに、気候がきっちりつじつまを合わせて、八月になったとたんに猛暑が襲ってきた。去年の猛暑はひどかったとは覚えているが、どんなふうにひどかったかは覚えていない。ただ辛かったということだけは覚えている。不思議なことに今年の猛暑を経験して、こんなものだったかしらと思うような気もするし、昨年よりはちょっと楽なような気もする。とにかく何でもすべてははっきりしないのである。

これが私の記憶によるものか、一般的な感覚かはわからない。ただラジオを聴いていたら、人間は身体的に辛い経験をしても、それを具体的に表現できないらしいといっていた。それの最たる状況が出産で、出産時の痛さのたとえとして、鼻の穴から西瓜が出てくるような感じといわれていた。そのたとえを聞いて、同性ながら、

「ありえない。それは大変だ」

とは思うが、具体的にどういう痛さかは実感できない。実際、経産婦も具体的に説明できないようだ。それは人間が痛い思いをした経験をいつまでも覚えていないから

で、だからこそ出産を何度も経験したり、長距離の過酷なウルトラマラソンや、世界最高峰の登山に何度も挑戦できるのだそうだ。

しかし去年の暑さは忘れたかもしれないが、現在の毎日の暑さを忘れられるわけではない。暑さを感じなくなるとよけいにあぶないし、かといって暑い、暑いと愚痴ってばかりいても何もできない。気候は人間の力ではどうにもならないので、こちらはただ日々をじっと耐えて過ごすのみである。

一年前と同じように、私の夏の夜の睡眠グッズは、高島縮のパジャマに麻のシーツで変わらない。頻繁に洗濯するので、今年はパジャマを一セット新調した。しかし以前購入したものは、夏場だけではあるが、あんなに洗濯しているのに、どこも何ともならないのがすごい。プリントの色さえ褪（あ）せない。さすが日本製である。七月はまだそれほど気温が高くなかったので、羽毛布団の薄掛けに無印良品の麻の布団カバーを掛けて使っていたのだが、八月になって急激に気温が上がり夜も熱帯夜が続くと、さすがに薄掛けでは暑くなってきた。

睡眠中に熱中症になる危険性もあると聞いたので、これは盛夏の掛布団を考えたほうがいいと、それまで使っていた綿のガーゼケットを押し入れから取り出してみたら、長年愛用して劣化が甚だしい。私は寝るときには、防犯上問題なく開けられる仕様になっている窓は開けておくものの、ベッドルームにはクーラーをつけないので、湿気が多い昨今では、素材が木綿だと熱がこもるような感じがした。求めるのは爽やかさなのだ。

このガーゼケットは、うちの老ネコが気に入っているので、布団がわりにネコに譲ることにし、麻素材のケットがあるかどうか検索してみた。すると麻専門店でダブルガーゼの麻のケットを見つけた。綿混は多いのだが麻百パーセントのものはあまりみかけず、また硬そうな感じがするものが多いのだが、こちらはちょっと透け感があるダブルガーゼなので、ちくちくするような感じはまったくなかった。また麻のベッドパッドもあって、麻のシーツの下に、麻のベッドパッドを敷いたら、爽やかさが二倍になるのではないかと、こちらも購入した。

早速、麻のケットを広げてみると、薄くて軽くてしなやかでとても使いやすそうだった。ちくちく感はまったくなし。薄手だがそのままの大きさではなく、半分、四分の一などの適当な大きさにたたんで使えば、その分、厚みが出るので薄すぎるということはなさそうだった。ベッドパッドもしっかりした作りで、すぐにマットレスの上に敷き、そのうえに麻のシーツを掛けた。

これでバージョンアップした、今年の酷暑向きの麻の睡眠グッズのひと揃いができたと喜んでいた。その夜、麻のベッドパッドを敷いたマットレスはやや硬めで気持ちがよく、麻ケットはたたんで体の上に掛けてみたら、ほんのりあたたかさがあるのに、暑かったり蒸れたりといった感じが一切なく、とても快適だった。最高のひと揃いができたと満足していたのに、うちの老ネコにはベッドパッドが大不評だった。

老ネコは夏は毎晩、リビングルームの自分用のベッドと、私の寝ているベッドを、何度も往復して寝るのだが、麻のベッドパッドを敷いた初日、私がいい気分で寝ていると、深夜にベッドの上に跳び乗ってきた。すると、

「えっ？」

といった表情になり、

「うーん」

と小さな声で鳴いて、すぐに飛び降りてしまった。

「どうしたの。ここにいればいいじゃない」

と声をかけても、

「いえ、結構」

という素振りで自分のベッドに戻っていってしまった。

どうしたんだろうかと麻のシーツの上から触ってみると、ベッドパッドを敷く前よりは、柔らかさがない。それが気に入らなかったらしい。いくら私が気に入っていても、さすがに一緒にベッドに寝るのを楽しみにしている老ネコがいやがっているのは無視できず、せっかく買ったのにとても残念に思いながら、半分眠りながら、ベッ

ドパッドをはずしてシーツを掛け直した。すると三時間後にまたネコがベッドに跳び乗ってきたが、今度はいやがらずに、スフィンクスのような恰好をしながら、じっと私の顔をのぞきこんでいた。そしてそのうちころりと横になって寝てしまった。明らかに老ネコにとって、麻のベッドパッドは不要だったらしい。

ベッドパッドとしては使えないが、これを何とか活かせないかと考えてみた。ひらめいたのは枕である。実はこの連載で新しい枕を買ったと書いたのだが、私のおっちょこちょいの性格のせいで、それがプラスチックから作られるウレタン製ということに気がつかなかった。「オーガニック」に目を奪われて、そこまで気がまわらなかった。プラスチックフリーといいながら、ちょっと気を緩めるとこれだと、自分で自分が情けなくなった。枕には罪はなく、それを購入した私の判断に大きな誤りがあったのだ。

そこで考えたのが、老ネコに嫌われた麻のベッドパッドを利用した自作の枕である。以前、タオルケットと玄関マットを組み合わせた自作枕の話も書いたが、私にはどうもうまくいかなかった。しかしこのベッドパッドを枕の大きさにたたんでみると、老ネコに嫌われた硬さも、私にとってはそれが枕としてちょうどよく、それだけだと低いので、バスタオル二枚をその下に置いてみた。低めのほうが好きなのだけれど、もう一枚、厚手のタオルを下に敷き、その上に頭をのせてみると、頭の部分に熱がこもらない感じがした。

　これには枕カバーというものがないので、いちばん上に、手近にあった手ぬぐいをのせてカバー代わりにしてみた。インテリア的には、

「なんじゃ、こりゃ」

　といいたくなるような寄せ集め感が甚だしい代物だが、寝ている私は快適なので、これでいいと思っている。すべて剝きだしではなく全体を布で包み、毎日取り替えるカバー用の手ぬぐいをその包みの上にのせたほうが、まだ見苦しくなさそうだ。手ぬぐいはもちろん、枕を構成しているすべてが洗えるというのもよい。もしかしたら使っているうちに、トラブルが発生する可能性もあるけれど、今のところは合格である。

　そして熱中症予防のために、寝るときに水を入れて凍らせたペットボトルを手ぬぐいに包んでベッドに入る。タオルだと冷たさが感じられないので、できるだけ薄手の布で二重にしたりして調節できるようなものがいい。水滴が心配な場合は防水加工をしたペットボトルホルダーかビニール袋に、ボトルの下半分を入れておいたほうが安心かもしれない。寝るときにはクーラーをつけない私は、横になって冷たいペットボトルを首筋や脇の下にくっつける。するとすーっと汗がひいてくれる。そのうち寝てしまうのだが、途中、老ネコがやってきて、起こされてしまうので、そのたびにボトルの位置を確認してそばに置いておく。顔にくっつけたり、握っているだけでも、体

の余分な熱がなくなってくれる。私の場合は小さいもので十分なので、容量が二百二十ミリリットルのものと三百五十ミリリットルのものを凍らせている。一晩で氷はすべて溶けてしまうけれど、水は常温よりは冷たいので、朝までなんとか使い続けられる。そしてそれをそのまま冷凍庫に入れて、夜にまた使う。水を入れて凍らせるときは、中身が膨張するので破裂を防ぐために、ぎりぎりまで入れないことが重要である。

またプラスチックフリーに関する話なのだが、前号で真夏に着物を着るときに、汗対策のために男性用のボディシートを使うという話を書いたのだけれど、そのボディシートもプラスチック製が多いことを、こちらもころっと忘れていた。おまけに使用時間がいちばん短いタイプの商品だ。食品を入れるプラスチック製の密閉容器は、何度も洗って使う。レジ袋も、それをマイバッグがわりに何度か使い、最後はゴミを入れて捨てればまだ、使用時間は長くなるので、使い捨て感は薄れる。しかしボディシートはそうではない。大嫌いな蚊に刺されないというところに反応してしまい、買ってしまったのも深く反省している。

代わりになるものはないかと、探してみたら、冷たくなる感覚をもたらすものとして、体に直接吹き付けるスプレーや塗るタイプ、着用前に衣類に噴霧するタイプ、着衣の上から噴霧できるタイプ、体に塗るタイプ、タオルやハンカチに噴霧すると、氷状になるタイプなど、いろいろあった。

探したなかで、何でも使えるタイプの肌質ではない私にとって、いちばん体に安心して使えそうなのは、手作り無添加洗顔石鹸専門店アンティアンの夏季限定生産「クールミストウォーター」だった。成分は精製水、無水エタノール（植物アルコール）、ペパーミント油、グレープフルーツ油と意外にシンプルだった。

これよりもさらにクールさが増しているらしい、ペパーミント＋スペアミントの「ダブルミント」が、あいにく品切れだったため、試せなかったのが残念だが、「クールミストウォーター」を買って使ってみたところ、たしかにすーっとするけれど、長時間持続するというわけではない。ここの商品は化学合成物質無添加、防腐剤無添加、人工香料無添加なので、肌に使うのも安心できる。しかしその分、肌にも穏やかなのだ。

近所のドラッグストアで、衣類に噴霧するタイプのスプレーを買って使ってみたら、

「ひょーっ」

といいたくなるくらい冷たく、それはしばらく続いた。刺激が強いので、そこが重ね着である着物を着るときにはちょうどいいのかもしれない。真夏に着物を着る女性のなかには、昔の博徒のように胸に晒しをぐるぐるまきにして、その中に水滴がつかない、不織布で包まれた保冷剤を仕込むという人もいた。腕の付け根に近い部分まで巻き、脇の部分を強く締めると汗があまり出ないのだそうだ。私は着物を着る人それ

ぞれの、暑さ対策、汗対策を読みながら、心頭を滅却すれば火もまた涼しということにはならないと思いつつ、

「結局、最後は気合いの問題なのか」

とため息をついたのである。

蚊よけあれこれ——バジャー、菊花せんこう

猛暑はいやだが、私にとってうれしいのは、蚊がほとんど出ないことである。私は昆虫は好きだが、蚊は大嫌いである。だいたい蚊がなぜこの世に存在しているのかわからない。昆虫が苦手という人も多いけれど、私はあの形状や色合いを見るたびに、
「絶対に人間はこれを一から作れないなあ」
と感心してしまう。カナブンの玉虫系の光り具合とか、ガーデニングをする人には嫌われているが、カミキリムシもあの足の細さとパンクな色合い、柄がかっこいい。バッタの顔もカマキリの顔も愛嬌(あいきょう)がある。

　しかし蚊だけはだめだ。ちょっとぐらいシマがあったとしても、全然、かわいらしくない。よくみかけるヒトスジシマカは、通常は花の蜜(みつ)を餌にしているそうだ。繁殖するために血を吸うのはわかっているが、全部の蚊が花の蜜だけで繁殖するように変異してくれないかと思う。

　外出して蚊に刺されるのは、ある意味、敵のテリトリー内に立ち入っているので、仕方がないと思うのだが、家には網戸があり、ドアも開け放していないのに、どこからか蚊は入ってくる。それも人が起きているときには姿を見せないで、ほっとしてべ

ッドに入ると、あの、

「ぷい～ん」

という嫌な音が聞こえてくる。

（来やがったな）

むかついてきて寝ながら身構えていると、そのぷい～んはだんだん大きくなり、飛びながら私の顔面の刺す場所を物色している気配がある。

（きーっ）

手足をむちゃむちゃばたばたさせると、敵もびっくりするのか、音は聞こえなくなるのだが、また少しするとあのぷい～んが聞こえてくる始末だ。友だちに相談したら、

「そういうときは、とりあえずじっと耐えて、血を吸い始めて向こうが気を許したとたんに、ぱちっと叩(たた)き潰(つぶ)せばよい」

といわれたので、ぐっと我慢して叩き潰そうとすると、蚊には逃げられ血は吸われ、おまけに自分で叩いた顔が痛いという、最悪な状態になる場合が多かった。睡眠不足にはなるし、あるときから、水道水をスプレー容器に入れて、ぷい～んが聞こえると、その方向に向かって噴霧するのを続けていたが、刺されないときもあったし、刺されたときもあった。勝敗は三対七くらいで分が悪かった。とにかく室内に蚊を入れないことだけを考えている。

子供の頃から蚊が苦手で、蚊取り線香や殺虫剤のスプレーは家に必ずあった。刺されると腫れてとてもかゆいし、収まったと思ったら、また何日かしてかゆくなる。そしてやっと治ったと思ったら、またすぐに刺されるといった具合で、夏になると本当に気分が重かった。蚊取り線香や殺虫剤は、よく効いたけれども、それらを使った後は、蚊よりも前にこちらの体がやられそうだったし、体にスプレーするタイプの虫除けも農薬が入っていたりして、あまり使いたくはなかった。しかしそれくらいのものを使わないと、奴らから身を守れなかったのだ。

しかし近年は人間やペットの体にやさしい、殺虫ではなく虫除け効果のあるものがたくさん売られるようになって、助かっている。私がずっと使っているのは、ほんもの総合研究所の「かえる印のナチュラルかとり線香」と、りんねしゃの「菊花せんこう」だ。緑色に着色されているものは、煙を吸うと咳き込んでしまい、喉をやられてとても辛い。しかしこれらの蚊除け線香は大丈夫だった。

他にも蚊を退治するグッズはいろいろと試してみた。子供用のバドミントンのラケットみたいなものにネットが張ってあり、それで蚊をキャッチして手元のスイッチを入れると、蚊が感電死するというものを買ったが、いつもそのラケットを手にしていなければならず、そのネットが張ってある部分に、蚊が近付く可能性がとても少なかった。大量に蚊がいる場所だったら、それを振り回せばとても効果がありそうだった。

また蚊を確実に殺すという紫外線を発生させる機械も買ってみたが、スイッチを入れ、紫色の光を発しているのを見たら、

「これを設置していると、蚊に刺されるよりももっと体に悪いような気がする」

とすぐに処分してしまった。

コンセントにプラグを差し込むと、蚊除けのアロマが温められて漂うものだったり、蚊除け効果があるというキャンドルも使ってみたが、両方ともうちでは効果がみられず。結局、いちばんましなのが蚊除け線香なのだった。夕方、洗濯物を取り込むために、ベランダに出るときも、必ず蚊除け線香を持って出る。それで近付いてきた蚊があわてて逃げるのを見て、

「やった」

とほくそ笑んだりしている。

家にいるときは蚊除け線香だのみでいいのだが、問題は外出するときだ。農薬配合のものは特殊な香りだが、蚊が嫌う香りのハーブを原料にしている虫除けスプレーも癖がある。アルコールも入っているので、ものによっては皮膚が赤くなり、首筋や服から出ている腕の部分を見た友人に、

「どうしたの？　赤くなってるけど。痛くないの」

と心配されたりした。

その後、より成分が穏やかな虫除けスプレーが発売されて、それを買ってみたところ、香りも柔らかいし、これはいいと首筋にスプレーして出かけ、家に帰ったら首筋がかゆいので見てみたら、スプレーした上から刺されていた。刺された後は、市販のかゆみ止めを塗っていたが、塗ってもかゆみが消えるわけではなく、またかゆみは必ず戻ってきた。あるとき、かゆみ止めではなくても、メントール系のものならばかゆみに効くと書いてあったので、手元にあったクリームを塗ったら、白くそこだけ色が抜けてしまった。顎(あご)の下だったので、体勢を低くして見上げない限りは見えない位置だったのだけれどびっくりした。このまま治らないのかと思っていたが、そのクリームを使わなくなったらいつの間にか元に戻っていた。

ずいぶん前だが、テレビ番組の企画でカナダでアウトドアスポーツやキャンプをしてきた俳優が、

「外国の蚊は半端なかった」

と話していた。日本の蚊などかわいいもので、森林に棲息(せいそく)している蚊は体が大きくてものすごく攻撃的らしい。日本から持っていった殺虫スプレーなどほとんど役に立たず、現地で強力な虫除けスプレーを購入してやっと退治した。しかしそのパッケージを見たら、危険物を表すドクロのマークがついていたらしい。帰国しても刺された痕(あと)が何か月も消えなかったともいっていた。

その話を聞きながら、
「私は絶対に、そんな場所には行けない」
とつぶやきつつ、そうか、日本の蚊はまだかわいいのかとがっかりした。世界的にはそんなかわいい日本の蚊でも、私にとっては憎い敵である。しかし海外ではアウトドアやキャンプを日常的にするし、子供や赤ん坊が使えるような、肌に負担がない蚊除けグッズがあるかもしれないと探してみたら、日本とは比べものにならないくらい、たくさんみつかった。そのなかで日焼け止めと蚊除けが一緒になったクリームがあり、しばらくそれを使っていたのだが、どうしても服についてしまうので、夏でも紺色などの濃い色のトップスを着ることが多い私は、洗濯の手間がかかるために、使うのをやめてしまった。

その中で現在も使っている蚊除けスプレーは、アメリカ製のエルバビーバの「チルドレン アウトドアスプレー」とバジャーの「アンチバグシェイクアンドスプレー」だ。バジャーの製品にはアルコールが入っておらず、エルバビーバのものも、他のアルコールが入っているものに比べて、刺激は少なかった。

バジャーには蚊除けのバームがあり、これも便利に使っている。直径五センチ、厚み二センチほどの缶に入っていて、バッグの中にも入る。しかしスプレーよりも香りがやや強いので、その点が気になる人がいるかもしれない。私も着物を着たときにはちょっと使いづらい。ただ洋服のときは、スプレーとバームの両方を使えば、完璧(かんぺき)に蚊を寄せつけずに済みそうだ。

ふだん香水などをつけないため、香りに慣れていないので、これらをつけて電車に乗ったら、嫌に感じる人もいるかもしれないと、香りが飛ぶように外出する一時間前くらいに使って、出かけたりした。しかし歩きながら、

「蚊はこのにおいが嫌いだから近寄らないので、香りが飛んだら効果はないのかも」

と用事を終えて帰ってきて、マンションのポストで郵便物を取り出していたら、蚊が飛んでくるのがわかった。老眼だけど蚊の動きだけは察知できるのである。すると近くまでは飛んできたが、わっという感じであわててＵターンしていった。

「ふふふ、ざまあ見ろ」

私はほくそ笑みながら部屋に入った。私にとっては嫌なにおいではないが、飼っているネコはこのにおいが好きではないので、家に帰るとすぐにバームを塗った場所を洗うようにしている。

室内で使う蚊除けスプレーも、使っても咳(せき)が出たり目や頭が痛くならない、ＧＰｌａｃｅの「ピレカロール×ナチュラムーン　天然防虫スプレー」を使っている。これまで室内用のスプレーでこれといったものがなかったので、待ち望んだ商品だった。最近もベッドに入ってすぐ、ぷい〜んが聞こえてきたので、暗闇のなか音がした方に

向けて、このスプレーを噴霧したところ、以降、音が聞こえなくなり、刺されてもいなかったので、効果があったのだろう。ガードをしても、万が一、蚊に刺された場合は、パーフェクトポーションの「アウトドアバーム」を使っている。このバームはメントール系だが、これを塗って外に出ても白く肌の色が抜けたりしないので、安心して使っている。

漢方の先生によると、甘い物が好きで余分な水分が体内に滞りがちな体質の人は、蚊に刺されると腫れるのだそうだ。かつての私は間違いなくそうだったが、漢方薬とリンパマッサージで余分な水分を排出したら、蚊に刺されても腫れなくなったのには驚いた。以前は刺されるとその周辺が一センチ、ひどいときには二センチ、三センチにも膨れていて、かゆくて仕方がなかったのだけれど、今はちょっと赤くなるだけ。おまけにかゆいのはかゆいのだけれど、以前のように身悶えするほどかゆくはない。かゆみのぶり返しもほとんどなくなった。以前から比べれば、はるかに蚊に刺されても苦痛は和らいだのだが、だからといって蚊が好きになるわけではないし、刺されてもいいとはまったく思っていない。私にとって敵は敵のままである。

蚊が出る時季になると、

「昔よりは楽になった」

とは感じるのだが、昨日、インターネットの記事で、

「年寄りは蚊に刺されてもかゆくないは本当だった」

という記事が目についた。ぎょっとしたが、それも真実のような気がする。もしかしたら体内の余分な水を排出したことよりも、そちらのほうの影響が強いかもしれない。しかし、

「別にいいもん。昔よりはかゆくなくなったんだから」

と開き直り、これからも蚊の撲滅に向けて努力を続けていくつもりである。

快適環境は目で確認——温湿度計

二十年以上前、エッセイで私は、夏の天気予報で、三十五度、三十六度と、いちいち気温をいわれると、より暑く感じる。一般人には気温の数値などほとんど関係ないのだから、ただ暑いでいいではないかと書いた。しかし最近のように、五月頃から熱中症に注意などといわれると、そんなことはいえなくなってきた。気温の数値なんかどうでもいいと思っているうちに、室内にいてもばったり倒れる可能性が出てきたのである。特に老人は感覚が鈍くなってきているので、体感ではなく気温の数値を気にするようにともいわれている。私も歳を取ってきて、

「たしかにそうかも」

と実感するようになった。あまりに自分の体力に自信を持ちすぎるのも問題だなと反省した。

私は喉（のど）が弱く、過度の湿気と乾燥が辛（つら）いので、昔からクーラーは使わず、除湿機と加湿空気清浄機を使っていた。現在、使っているのはそれぞれ三代目である。最初に買ったのは除湿機だった。梅雨に入ると必ず除湿機のスイッチを入れて、部屋の湿気を取り除いていた。部屋にはクーラーもついていたが、ずっと冷房のなかで仕事をし

ていると体が芯から冷えてくるので、夏は窓を開放してクーラーは使わなかった。私の周囲には、

「扇風機があればクーラーはいらないよね」

という人も多かった。自分の部屋はそれで調整できるが、外出先で冷房が効いていると逆に冷えすぎて困ったほどだった。香港は大好きだが、あの強烈な冷房地獄には本当に閉口して、ホテルのバスルームで冬よりも念入りに体を温めたものだった。

クーラーを使うと冷房と共に除湿の効果もあるので、除湿機を使う必要はないが、クーラーを使わなかった私は、除湿機が必要だったのである。それならクーラーのドライ機能を使えばいいのにと思われるかもしれないが、私は電気製品の機能にとても疎かったうえに、クーラーに興味がなかったので、冷房ではなくドライ機能のみで使うなんて、まったく頭になかった。なので据え置き式の除湿機を購入して、タンクに溜まる水を眺めては、

「こんなに取れた」

と喜んでいた。それでもちょっとは体が楽になるが、快適というまでにはならなかった。

クーラーをつけると室外機の横の部分から、水がちょろちょろと流れているのは目撃していたが、その分が除湿機のタンクの中に徐々に溜まっていくのを見ていると、

「こんなに空気中に水分があったのか」

と驚かされた。そして溜まるのがあっという間なのだ。「溜まりました」とピーッと鳴るのだが、

「さっき水を捨てたばかりなのに、もう溜まったのか」

と驚きつつ水を捨てる。梅雨時にはあまりに捨てる水の量が多いので、

「水不足の所に、この日に何度も捨てる水を何とか使えないものか。誰か頭のいい人が考えてくれないものか」

と虚しくなったりもした。私と同じように梅雨時に体がだるく、クーラーが嫌いという数人に、うちと同じシャープの除湿機を薦めたら、みんな買ってくれた。そして見えない空気中の水分が、タンクに溜まったのを見て、やはりその量の多さにびっくりしていた。とにかく私はクーラーよりも除湿機だった。

今、住んでいるマンションにも、もちろんクーラーはついていたが、ほとんど使わないで過ごしてきた。使うようになったのは、七、八年前からで、それも高齢の飼いネコが、

「暑い、クーラーを入れて」

と訴える目つきをしたときだけだ。最近は私のほうが辛いときがあるので、ドライにしようとスイッチを入れてみたら、三十年もののクーラーなので、ドライにすると

止まるという、わけのわからない事態になった。うちのクーラーにはドライ機能がないも同然なので、相変わらず除湿機のお世話になり続けている。

とにかく湿気のパーセンテージを正常に保つために、湿気の多い日には除湿機をフル稼働させていたのに、先日、取り込んだ洗濯物をたたんでいたら、台所の手ふきタオルを見て、

「ん？」

と首を傾げた。トイレなど他の場所で使っているタオルには変化がないのに、そのタオルだけうっすらピンクがかっているのだ。これまで何十年も、台所で手ふきタオルを使ってきたが、こんなふうにはならなかった。

「もしかして、これはよくバスルームに発生するという、カビの色と同じでは？」

とびっくりして調べてみたら、やはり同じカビの一種で、ピンクの色はその色素を出す酵母菌のせいだそうだ。

無害とはいえ、食べ物を扱うところにそんなものが発生するのは大問題である。うちのキッチンは窓がないので、ドアはずっと開け放したまま、調理中はもちろん調理後もしばらくの間は換気扇を回している。手ふきタオルも畳んでいるわけではなく、タオルかけにかけている。なのに白い一般的な厚さのタオルだけが、ピンクになった。他には麻のキッチンクロス、木綿の手ぬぐいを手ふきとして使っているが、それらに

はピンクの被害は及んでいない。麻も手ぬぐいもタオルに比べて水分が蒸発しやすいからだろうか。

気持ちが悪いので、キッチンでタオルを使うのはやめにした。除湿機が置いてある場所から台所までは離れている。作動させるとあれだけ水が溜まるのに、台所までその効果は及ばなかったらしい。毎日、水は使うし、他の部屋よりも水分を帯びているのは事実なのだが。とにかくこれからは麻のキッチンクロスか、手ぬぐいを使うしかない。

うちはマンションの三階なので、カビの被害はこれくらいだったが、一戸建てに住んでいる友だちは、とても神経質になっている。湿気が多い日ではなくても、根菜類でもカビが怖いので、放置しておけないという。平日は出勤する早朝から帰宅する夜遅くまで、窓を閉めっぱなしなので、空気の入れ換えができない。在宅しているときはエアコンは入れっぱなしで、私が薦めた除湿機と加湿空気清浄機は、一般家庭用ではなく病院で使う大型タイプを購入した。

また、ある呉服店では、お客様の仕立物は二階の桐箪笥(だんす)に保管し、自分たちが着る着物は一階の桐箪笥に入れていた。しかしその自分たちのものが、昨今の多湿の日が続いたせいで、桐箪笥に入れていたのにカビてしまったという。これからそんな湿気に対応していかなくてはならないなんて、湿気に弱い私は気が重くなる。

そして冬には何が何でも加湿空気清浄機である。乾燥がひどくなると喉が痛くなって、それが風邪につながっていく。シャープのプラズマクラスターの加湿空気清浄機を買うまでは、アロマディフューザーも使っていた。ベッドまわりはそれでもいいが、ふだん仕事をしているリビングルームでは、いくらいい香りのアロマエッセンス混じりの蒸気を噴き出してくれても、それでは間に合わなかった。そこで雑誌の編集者など、いろいろな人に情報を聞いて、シャープの製品に決めたのだった。うちのリビングルームには、同じメーカーの同じような形の除湿機と加湿空気清浄機が置いてあり、季節に応じてそれぞれのスイッチを入れたり切ったりしている。天候がどうあろうとも、自分の気合いでどうにかなるという精神論ではどうにもならなくなってきたのは間違いない。

こんなに悩まされる気温と湿度は常にチェックしておいたほうがいいと、やっと気がついた。超高齢になった飼いネコに対しては、ネコベッド周辺が快適かどうか、以前から数字だけが表示される小さな温湿度計を置いていた。私が寝る部屋にも同じものを置いていたが、夏であっても表示されている数字を見ては、

「ああ、そうか」

と思っただけで、深く考えなかった。しかしこれから歳を重ねていくとなると、もう一歩踏み込んだ数値を表示してくれるものが必要ではないかと、エンペックスの

「生活管理温湿度計」なるものを買ってみた。

熱中症の怖ろしさがいわれるようになったので、シニアや子供にもわかりやすいように色分けしてある。たとえば温度の場合、マイナス十二度からプラス十八度までが、「季節性インフルエンザ・カゼ注意」。十八度から二十五度までが「快適ゾーン」。二十五度以上が「熱中症注意」。

湿度は十パーセントから四十パーセントまでが、「季節性インフルエンザ・カゼ注意」。四十パーセントから六十五パーセントまでが「快適ゾーン」。七十パーセント以上が「カビ注意」となっている。六十五パーセントから七十パーセントまでは表示がなく、快適ではないがカビの注意も必要がないといった、まあいいんじゃないゾーンのようだ。

円形の温湿度計の「快適ゾーン」はグリーンで表示されているのだが、そのスペースが狭いこと。分度器で測ってみたら、温度は十八度、湿度は四十度しかない。つまり温度、湿度ともに快適ゾーンに入る確率はとても低く、季節性インフルエンザ・風邪、熱中症にかかる可能性のほうがずっと高い。温湿度計を眺めながらため息が出た。我々の環境がこんなに過酷になっているとは知らなかった。九月半ばに、学校でインフルエンザがはやっていると聞いて、

「どうしてこの時季に」

と不思議でたまらなかったが、温湿度計を眺めていると、

「なるほど」

と納得してしまった。私たちが快適に過ごせる温度、湿度より、そうでない場合の割合のほうがはるかに多いのだから、さもありなんである。

こんな話も除湿機に溜まった水のように、目で見ないと納得できないし理解できなかった。私はこれを二個買い、リビングルームとベッドルームに置いて、一日に何度もチェックしている。前の日の気温が高いと、マンションの最上階で鉄筋だと熱が逃げないのか、天気予報でいっている気温よりも室温は高い。ちょっと涼しくなったといわれた十月の頭でさえ、窓を開け放して外の風を通していても、室温は三十度だった。「熱中症注意」ゾーンである。そして晴れて湿気が少ないと、すぐに「季節性インフルエンザ・カゼ注意」ゾーンに入ってしまう。とにかく室温が二十五度以下にならないと、ずーっと熱中症注意なのだ。冬になればまた別だが、夏と秋の端境期があいまいなので、気温が高めで湿度が高い日は、室内にいる場合は気をつけなくてはならないのだろう。

温湿度計を購入して十日間、毎日観察した結果、温度、湿度とも快適ゾーンに入っていたのは、一日だけだった。片方が快適でももう片方がそうではない日がとても多い。これは私の部屋での話なので、もっと空調に気をつけているお宅だったら、快適

ゾーンに入る日が増えるかもしれない。しかし超高齢の飼いネコがクーラーを入れるのをいやがるため、私は室温を下げるべく、毎日、窓やベランダに面している戸を大きく開けている。そしてこの原稿を書いている今、温湿度計を見ると、室温が二十六度！　快適ゾーンまであと一歩。惜しい！　そして湿度は五十パーセントの快適ゾーンである。夜になり気温が下がったら、久しぶりのダブル快適ゾーンになるかもしれない。これからは熱中症の可能性は低くなるので、どれだけダブル快適ゾーンの日があるのか、観察していこうと思っている。

怪我にも安心――キズパワーパッド

うちには小さな薬箱があるけれど、この中に入っているものの数は少ない。

私の足は幅と長さのバランスが悪く、水泳のときにつける、足ひれのような形をしている。足の長さに合わせると幅が狭く、幅に合わせると、かかとが脱げてしまう有様で、中学生のときに学校で決められていたローファーを買いに行っても、足に合うものがなかった。試着する前、店員さんは、

「ローファーは他の靴と違って、幅が広めにできているから大丈夫ですよ」

といってくれたが、足の長さに見合った靴は、まったく入らなかった。ワンサイズ上のものを出してくれたが、それでも幅が入らない。結局、入ったのは三サイズ上のもので、

「中敷きを使えば大丈夫だから」

と励まされて中敷きも買ってきた。

しかし家に帰って、中敷きをセットした靴を畳の上で履いて歩いてみると、まだ脱げてしまう。これを毎日履いて通学することを考えると、

「とてもじゃないけど歩けない」

と両親に訴えた。すると器用な父が、家にある仕事で使う厚い紙、薄い紙を使ってそれらを貼り合わせ、中敷きの下に敷く、靴の下敷きを作ってくれた。それで何とか学校まで歩いて行けるようになったが、靴のつま先はかなりあまっていた。

そのうえ元々足にぴったりしている靴ではないし、当時の合皮の学生用の靴は造りも悪かったのだろう、ソックスを履いていても、かかとに靴ずれができてひどいものだった。同級生のなかには足に合わない靴を履いて同じように靴ずれになって、かかとを踏みつぶして履いている子もいたが、とてもだらしなく見えるので、あれはしたくなかった。でも靴をサンダルみたいに履けたら、どんなに楽だろうと思った。

高校は私服だったので、決められた靴を履く必要はなくなったが、今度はふだんに履く靴をどうするかが問題になった。今と違って当時は、スニーカーをふだんに履くという習慣はあまりなく、あれはあくまでも運動用であり、男子はバスケットシューズを履いていたけれど、特に女子は革靴を履いている人が多かったのだ。

ある日、母親がどこからか、今風にいえば、「靴難民」を救ってくれる靴店が中野にあるという情報を仕入れてきた。それは絶対に行かねばとすぐに出向いたら、靴店にというよりも、住宅地の中にある靴の製造直売所のようなもので、工房の建物の前に棚が置いてあり、五十足くらいの靴が並べてあった。そのほとんどが婦人靴で、私としては、

（いくら足に合ったとしても、おばさんやおばあさんが履くような、巾着（きんちゃく）みたいな形の靴は嫌だ）

と考えていたのだが、デザインも悪くなく、棚の靴に目が釘付（くぎづ）けになってしまった。私たちの他にも、母と同じ年代や高齢の女性が、数人買いに来ていた。

相手をしてくれたのは、ご主人らしき穏やかで優しそうな白髪のおじさんだった。私の足を見るなり、

「ああ、これだったら合うでしょう」

と一足の靴を持ってきた。ヒールの高さが三センチほどで、つま先の部分が三角にとんがっていなくて、丸みを帯びている。履いてみると足ひれのような私の足のために誂（あつら）えたようにぴったりだった。巾着みたいではなく、十代の私でも満足できるデザインだった。

「どこに行っても、この子の足に合う靴がなかったので」

私よりも母のほうが感激していると、

「だから大きいのを買って中敷きを入れるんですよね。でもあまり足に合わないものを履き続けていると、歩き方も変になるから、腰が痛くなったり体に悪いんですよ」

と彼はいった。そして私の靴を紙袋に入れようとすると、母もちゃっかりと、私の靴よりも値段が高い、洒落（しゃれ）たデザインのパンプスを買って喜んでいた。それでも値段

は格安だった。工房では自社製はもちろん、他店で買った靴の調整や修理を請け負っていて、高齢の女性は電車を乗り継いで、一時間以上かけて来ているといっていた。その靴の製造直売所は宣伝もしていないのに、口コミだけでお客さんが集まっていたのだ。以降、私はそこで靴を買うようになった。ロングブーツを買ったときには、ふくらはぎが太い私のために、きつい部分を伸ばして合わせてくれた。それから間もなく工房は閉鎖し、製造直売所もなくなった。

再び私は靴難民になった。ただ世の中の流れがだんだんカジュアル志向になったため、ふだんにスニーカーを履いても大丈夫になったのには助けられた。仕事で海外に行ったついでに、免税店でブランド品のバックスキンのローファーを買ったりしたが、雨の日には履けず、基本的には車移動の人用だった。そこであれこれ探して見つけたのが、ドイツ製の靴だった。銀座の店舗でシューフィッターのおばさまに計測してもらい、購入した36サイズの靴はとても履きやすく、同じものを二足買って履いていた。その当時は靴ずれとは無縁だった。

しかしその、一生履き続けようと考えていたデザインの靴が廃番になり、そのうえ現代の若い人の足に合わせて木型を変えたのか、幅が狭く甲が低くなり、私の甲高幅広の足には最悪のリニューアルになった。

仕方なく履きやすいといわれている靴を試してみて、まあ、これならと思うものがみつかった。幅に合わせるとやはりサイズは大きめになった。店員さんに、つま先に詰め物をして履くのだといわれて、そういう方法もあるのかと試してみたら、歩くたびに靴からおならのような音がして困った。靴の内側に透明のガムテープを貼ったりもしたが、いつの間にか剝がれてしまい、端っこが靴からはみ出して、恥ずかしい思いをしたこともある。

それでもそのドイツ製の靴が好きなので、先日、久しぶりにこれなら大丈夫そうと紐靴を購入した。紐靴だと紐をゆるめれば甲の高さが多少調節できるので、甲高人間にはありがたい。他の靴に比べて幅もゆったりしていたし、造りがしっかりしていたのもよかった。

はじめて履く日、とにかく靴ずれだけが心配なので、念には念を入れようと、両足のかかとの靴ずれができそうな部分に、ドラッグストアで見つけた、靴ずれ防止テープを貼っておいた。これで準備万端と家を出てしばらく歩いたとたん、しまったと後悔した。厚手のタイツを穿いていたのに、かかとがちょっと痛いのである。しかし家に戻るには時間がなく、もしかしたらテープと肌が擦れているだけで、時間が経てば何とかなるだろうと、そのまま待ち合わせ場所に向かった。

しかしかかとの痛みは増すばかりだった。それも両足の。これはまずいと思いつつ、私はぐいっと足を靴のつま先方向に押し込んでみた。するとかかとが靴と接触しないので、痛くない。もう、この方法しかないと、つま先方向にぐいっと足をつっこむようにして歩き続けた。たまに靴にかかとが触れて、「痛たたた」となる。

（靴ずれ防止テープも貼ったのに、どうしてこんな目に遭わなくちゃならないんだ）

焼かれるようなかかとの痛みに泣きたくなりながら用事を済ませ、帰りに駅前のスーパーで食材を買う予定をやめて、ゆっくりかつ急いでやっとの思いで家にたどり着いた。

これは相当、やられちゃったなとがっくりしながらタイツを脱いでみると、両足とも靴ずれテープを貼ったところを除けるように、斜め下の部分の皮が、一センチ角に剝けていた。

「ひどい……」

しっかりした造りの靴に、前期高齢者のやわなかかとが負けたのである。いくら好きだといっても、このメーカーの靴を履くとしたら、サンダルだけだなと悲しくなった。

靴ずれはとても痛いし腹も立つが、私には靴ずれをしたときの強い味方のバンドエイドの「キズパワーパッド」がある。半泣きになりながらも、これを使えばあとは楽になるからと、自分を励ました。靴ずれを起こした場合、以前は昔ながらの絆創膏を貼っていたのだが、剝がれやすかったり、防水ではないのでお風呂に入ると傷口に湯がしみて、「痛たたた」と叫びたくなった。

これは傷口を水で洗い流してパッドを貼る。防水なので入浴しても直接、傷口に湯が触れない。そして貼っていると体からの滲出液(しんしゅつえき)によってぷっくりとふくらんできて、それが目安になって傷が治っていくのがわかるしくみになっている。久々のひどい靴ずれだったけれど三日で治った。また本来は足用ではないのかもしれないが、スポットという小さなタイプは、甲高の足の皮が擦れて剝けたときに貼っている。

私はこれがないと新しい靴が履けなくなった。下駄や草履を履くと、

「何と楽なことか」

とほっとするのだが、いつも下駄や草履を履くわけにもいかず、できれば靴ずれは避けたい。歳を重ねるうちに、骨格は変わらないけれど、より足に負担がかからない靴が必要になってきた。でもやはりいかにも、おばちゃん、おばあちゃん風の、実用一点張りの靴はまだ履きたくない。かといって足が痛いのに無理をして流行の靴も履きたくない。万が一、靴ずれを起こしたとしても、これがあるからこそ、靴を履きつぶした後も、新しい靴にチャレンジできる。このパッドは価格が高めなので、靴ずれができてから貼っていたが、久々に味わったあのひどい痛みを経験するのはもう嫌なので、今は靴を履くときに予防のために貼るようにしている。背に腹は代えられない。

二つ目は資生堂から出ていた「アトスキンADクリーム」である。私は毎年、汗ば

む季節になると、必ず肘の内側のくぼんだ部分のみに、赤い発疹ができる。痛くも痒くもないし、腕が剝きだしになるような服も着ないので、それでも問題はないのだが、やはり気になる。それを私と同じように皮膚が弱い友だちに相談したら、

「あーら、私も毎年できるわよ」

と両腕の袖をまくったら、同じように赤い発疹が出ていたので笑ってしまった。その彼女に教えてもらったのが、このクリームだった。非ステロイド系で、

「かゆい皮膚炎をなおすクリームです。湿疹、かぶれにも」

と書いてある。塗ってみたら症状が改善したので、毎年、汗ばむ時季の必需品になっている。

まだ私の手持ちのクリームには残量があるが、調べてみたらどうも現在は廃番になっているようだ。後継といわれている薬もあるが、デザインは似ているけれど、名前が変わっているので、このクリームと同じような効果があるのかどうかはわからない。気に入って使っているものは、何であってもリニューアルすると使えなくなるという、悲しい法則が私にはあるので、使いきった後はどうなるのかと心配になっている。

最後のひとつはタキザワ漢方廠の「新黄珠目薬」で、以前、目が充血していたときには助けられていた。さしても目にじーんとしみることもなく、充血が速やかに改善されるのもいい。これも一度、品切れで買えなくなってしまったが、また復活してう

れしい限りである。ただしどこの薬局、ドラッグストアでも売られているわけではないので、ネットで購入するか、近所の販売店を検索したほうがいいかもしれない。

うちの薬箱にはこの三点が入っている。市販薬の胃薬も風邪薬もないけれど、私の生活にはなくてはならないものなのである。

服装のいろどり——スカーフ、手編みのマフラー

昔の冬は、室内や電車などの暖房設備が整っていなかったせいか、もっと寒かったような気がする。今はコートの下に着込むと、歩いたり電車の中だったりすると汗が出てきて、それが冷えてあまり体にはよくない。ちょっと薄着かなというくらいでちょうどいいのだ。

まだキーンと寒かった四十年以上前、私の人生のいちばんの汚点である、マフラープレゼント事件があった。今から思えばどうしてそんな気持ちになったのかわからないが、私は大学のキャンパスで、ある男子学生を見たとたん、彼の背後に後光がさしているような気がしたのである。特に私はスピリチュアルに関心があるわけでもないし、宗教を信じているわけでもないのだが、

「これ、これ、この人」

といっているかのように、彼だけが輝いてみえたのだった。

そして今の私だったら、当時の自分に、

「絶対にやめとけ」

と忠告するのに、とにかく私は、付き合いたいとかそういうことではなく、自分の

気持ちを彼に伝えたい、それには自分の得意な分野に頼るしかなく、手編みのマフラーを渡そうと思ったのだった。同じ学科ではなく、断られたとしても、顔を合わせなくて済むので、気も少し楽だった。

もらった相手の気持ちも、少しは考えろといいたくなるが、ほとんど自分の頭の中だけでしか動いていなかったので、毎日、濃い茶色のマフラーをせっせと編んだ。初心者の子が編むような、ふつうのゴム編みではなく、編み物に慣れている自信もあったので、ちょっと凝った編み方にしたらそれが災いし、出来上がったものは色といい地模様といい、ムシロのようだった。さすがに私も、

(これでいいのか?)

と心配になったのだが、とりあえず編み終わったので彼に渡した。

すると翌日から彼は、それを巻いて大学にやってきた。巻いてくれているのはうれしかったが、すべての事柄にのめりこめない私の性格の悲しさで、マフラーをしている彼の後ろ姿を、柱の陰から見ながら、

(やっぱりムシロだ)

と思っていた。

結局、それで私と彼の間がどうなるというわけでもなく、私はマフラーを渡した時点で気が済んでしまった。しかし私の友だちたちは、

「付き合う気がなくても、お茶くらい誘え」「彼女がいるわけでもないのに、えり好みするな」

と彼に対して怒りだした。私が、もうその件についてはいいというのに、

「だめ、そんな失礼な男にはちゃんといわないと」

といって、校舎の上の階から登校する学生を見張り、彼がやってくると、

「マフラー泥棒！」

「意気地なし！」

と大声で怒鳴った。彼が見上げる前にさっと身を隠し、

「いってやったわ！」

と両手で私の手を握った。

「どうしようもない男だったわね。大丈夫、これからもっともっといい人が現れるから」

と怒り、私を励まして教室を出ていった。私よりも周囲の女の子たちのほうがずっと怒っていた。友だちがそこまでやってくれたのも申し訳なかったし、罵倒(ばとう)された彼に対しても申し訳なかった。すべて私がマフラーなんかあげるからこんなことになったのだと、恥じ入りたい気持ちだった。

「おまけにムシロだったし……」

何度、反省、後悔しても足りなかった。卒業するまでまったく彼と顔を合わせる機会がなかったのは幸いだった。

後年、

「まあ、それも若気の至りというやつで」

と思えるようになったが、人生を後悔しない質(たち)の私のなかで、やはりあれは失敗だった。彼は今どうしているかとみじんも思わないところが、自分でも薄情だと呆(あき)れるし、名字だけは覚えているが、下の名前は忘れてしまったし、今となってはどんな顔立ちの人だったかも覚えていない。

首に巻き物が欲しくなると、この失敗を思い出す。昔は寒くなったら、家でも外でもハイネックのセーターが必須だったのに、最近はハイネックを着ると頭がぼーっとするようになった。室温を上げているわけでもないのに、歳を取るにつれて体質が変わってきたのかもしれない。そうはいっても家でも襟なしのトップスでいると首の後ろが寒いので、スカーフを巻いている。布一枚でもあるのとないのとでは大違いで、風邪のひきはじめなど、首まわりをあたためただけで症状が改善したりもするので侮れないのだ。しかしスカーフの厚さが微妙で、あまりにしっかりしているとボリュームがありすぎて首まわりが鬱陶(うっとう)しいし、薄すぎるとちょっと寒いというわけで、ちょうどいいものを見つけるのが難しい。

もともと布好きなので、スカーフ、ストールなどの巻き物の類の在庫はたくさんある。洋服は処分できるのだけど、どうもこういった布は捨てられなくて困る。

「小さくたためてスペースをとらない」

というのがいいわけになっていて、大昔のものも、引き出しの中に入っている。いちばん古いものは、私が小学生のときに自分で編んだものだ。中野にある輸入毛糸店で買って貰ったアンゴラ糸の、市松模様のマフラーである。本体を編んだら面倒くさくなってしまったのと、毛糸が足りなくなったために、フリンジはつけなかったのだが、軽くてあたたかいので愛用してきた。編んでから五十四年ほど経っているし、首に巻くものは他にもあるし、いつでも編めるので何度も処分しようと考えた。アンゴラ糸の毛足がからんで編み直しはすでに不可能な状態になっているので、再利用は難しい。しかしこのマフラーを編んでいる、子供である自分の姿を思い浮かべると、これは一生、持っていたほうがいいような気がしている。

その次に古いのは、小学校六年生のときの誕生日＋クリスマスプレゼントとして、両親が銀座で買ってくれたタータンチェックのマフラーで、これは五十三年経っている。今年はチェックが流行しているようで、このマフラーも使えるかなと思っている。実は今までに二、三回しか使っていないので、ほとんど新品同様だ。さすがのイギリス製らしく、まったく劣化していない。とびぬけてお洒落ではないが、いかにも定番といった感じのものだ。

二十代後半に買ったスカーフもまだ持っている。勤めながら書く仕事をはじめたとき、もらった原稿料は生活費の足しにしていたのだが、そのなかで貯めて買った記憶がある。当時、住んでいた吉祥寺にあるデパートで買ったもので、海外の有名ブランド品ではなく日本製だった。私はスカーフにありがちな華やかな花柄やピンク系の色合いが苦手で、そうでないものを探していたら、明るめの紺色で縁どってあり、青、茶、臙脂などで秋の草木や実を描いてあるこのデザインがとても気に入った。買ってから四十歳近くになるまで、秋から冬にかけてずっと愛用していた。

本来は白地のところも、経年変化でやや色がかかってしまったけれど、ずっと取ってある。白地が経年変化したシルクのスカーフを身につけていいのか悪いのかがわからず、他人様に不潔な印象を与えてはまずいと思うので、つい他の最近購入したスカーフを首に巻いてしまう。しかし新しいスカーフよりも、使い込んだもののほうが、首になじんで使いやすいのだ。多少のしみ、汚れなどを気にせず、シルクのビンテージのスカーフを買って使っている人もいるので、まだまだ使っても大丈夫なのかもしれない。

四十代はハイブランドのスカーフにはまり、一年に一枚は買っていた。しかしもとから値段が高いのに、じわりじわりと価格が上がり、あるとき以前と同じ価格のつもりでいたら、ぎょっとするような値段になっていたのがわかり、それ以来、遠ざかってしまった。今は私が買いはじめたときの一・五倍の価格になってしまった。それでも毎シーズン、どんな柄が出たのか気になって、サイトだけは見ている。現物は見ていないのだけれど、年々、そのブランドのスカーフに、自分の顔が合わなくなったような気がしてきた。喜ぶべきなのか悲しむべきなのか、よくわからない。

二十年ほど前には、編むとフェイクファーのような仕上がりになる、シルクが混じった外国の毛糸で、小さめのマフラーも編んだ。私は背が低いので、市販のマフラー、ストールだとどうしても長めになる。その点、自分で編めば丈や幅が調節できるから具合がいい。

「色の濃いマフラーの柄は、凝りすぎると失敗する」

の反省を活かし、また糸自体の毛足が長いので、シンプルなガーター編みにして、長さも自分の身長と用途に合わせて、幅二十五センチ、長さ九十センチにした。焦げ茶とワイン色の二本を編んだ。ざっくりゆるく編んだので、使っているうちに伸びて、幅十八センチ、長さが百二十センチと変わってきたが、特別問題はなかった。洋服にも着物のコートにも合い、軽くてあたたかくて、シルクの光沢もあるので、自分でいうのもなんだが、とてもいい仕上がりになった。

このマフラーはとても評判がよく、私が巻いているのを見た編集者に、

「それはどこのブランドのものですか」

と聞かれたので、自分で編んだと答えたら、彼女も編み物をするというので、毛糸の名前を教えてあげた。また、同じようにどこのブランドかと聞いてきた友だちは、編み物をしないので、彼女に似合うように黒の糸を買って、編んでプレゼントしたら、喜んで使ってくれていた。とてもいい糸だったのに、二、三年で廃番になってしまった。すぐに同じような感じの糸も売り出されたが、合成繊維のみで作られていて、糸自体がとても安っぽく、若い人だったらいいかもしれないが、中年には難しい糸だった。もしも昔のあの糸が再発売されるのなら、今度はストールを編みたいと思っている。

マフラーより大判のストールも、私には選ぶのが難しく、コートの上に羽織ればあたたかいのはよくわかっているのだが、私が厚手の大判のストールを巻くと、

「寒いので毛布を背負ってきました」

といった風体になる。それを避けるためにコートの下にマフラーをすると、上半身がもこもこして、こちらも具合が悪い。いちばん使い勝手がいいのは、ウールと合織が混じったもので、ウール百パーセントのものよりは、あたたかさには欠けるけれど、どしっと重い感じがないのがいい。柄も茶系の濃淡のヒョウ柄だともろになるが、ブルーの地なのでヒョウ柄風味も薄れ、気に入って使っている。たたむとコンパクトに

なるのもいい。また今年、友だちがプレゼントしてくれた、チェックのストールも、ちょうどいい厚さで具合よく使っている。

巻き物は、「巻いてます」というふうではなく、さらっと自然に纏（まと）えるようになりたい。本を買って紹介されている結び方、巻き方を試してみても、私がやるとどれも何だか変なのだ。結局、たくさんの巻き方のアレンジが載っていたのに、いちばんしっくりきたのは、いわゆるヨン様巻きだった。彼のファンではないし、特に素敵という巻き方でもないが、

「まあ仕方がないか」

と諦（あきら）めつつ、ヨン様巻きをしている。まだまだ精進が必要である。

若い頃のものをずっと楽しむ――腕時計

最近はスマホの利用者が多く、それを見ればすぐに時刻がわかるので、時計を持つ人が少なくなったらしい。昔は仕事をするには、時計がないと話にならなかったが、今はそうではなくなった。時計でも時間を知るというより、脈拍や体温を計測してヘルスチェックをしてくれたり、コンパスになったり、キャッシュレス機能付きのものまであるようだ。小さなスマホが腕にあるようなものなのだ。

時計をはめるのは、大人になるための第一歩だった。中学生のときは学校に持ってくるのを禁じられていたし、高校に入学してからやっと、時計を持たせてもらった。それも父親からのお下がりで、シンプルなSEIKO製だった。彼は家計を無視して、自分の欲しいものをまず買う人だった。欲しい時計を買ったばかりで、それまで使っていたものを私にくれたのである。

他の同級生の女子たちは華奢なレディース用の時計を、入学祝いに買ってもらっていたようだが、男子にもてたいと思っているのに女性らしいものを拒絶していた私は、そのお古の時計が気に入っていた。私がしているのを見た隣の席の男子に、

「男物してんの？　いいな、その時計」

といわれたのはうれしかった。私たちの間に恋愛感情はなかった。私が通っていた高校は、一部、フェミニズム系の女子と、反フェミニズム系の男子がいがみあっていたが、ほとんどの男女は異性というよりも、同性同士といった感じで仲がよかった。

　そしてその男物の時計は大学生になっても使い続け、広告代理店に就職したときに、はじめて自分で時計を買った。なるべくシンプルなものをと、デパートで探した結果、こちらもメーカーはＳＥＩＫＯになった。レディース用なので男物の時計を見慣れた目には、直径二・五センチくらいの文字盤はちょっと小さく感じたが、お下がりの男物の時計ではなく、自分で買った時計はうれしかった。お古の時計にも愛着があったので、机の引き出しに入れておいた。

　会社に勤めているときは、毎日、朝起きて食事をし、身支度を整えて家を出る一連の動きのなかで、時計をつける動作は休日以外、組み込まれていた。何も考えずに手首にはめていた。置く場所も決まっていたので、時計が見当たらなくて捜すということも一切なかった。判で押したようにすべてが決まっていたのである。

　その後、三十歳で会社をやめたとたん、時計をはめる気がなくなった。勤め人のときはまず遅刻をしないように、経理の用事で銀行に行くときも、何度も時間を確認しなくてはならない。すべて時間で動いていた。しかし細かく時間を気にしなくてよくなってからは、自分で買った時計も机の引き出しの奥にしまった。外に出ればいくらでも時間がわかったし、自分が時計を見る必要はないだろうと思うようになった。待ち合わせなど、必要なときは時計をして出かけたが、それも一年に数えるほどしかなかった。時計は特に必要ないと、そんな感じで過ごしていたが、あるとき仕事で海外に行ったとき、一緒に行った編集者のPさんが、空港内のすべての免税店で買い物しているのではと思われるほどの、買い物好きとわかった。Pさんは免税店の某ブランドの時計売り場のショーケースに目が釘付け(くぎづ)けになっていた。ディスプレイされていた時計のうちのひとつに一目惚(ぼ)れしたらしく、店員さんに左手首にはめてもらって、うっとりと眺めていた。

「これ、素敵ですよね」

とてもきれいなバングルタイプの時計だったが、私はひと回りも年下の彼女が持つには、まだちょっと早いような気がした。今から二十数年前で、免税店でありながら、価格が三桁(けた)(万円)にちょっと足りないくらいだったので、

「少し考えたほうがよくない?」

とはいった。しかし彼女はその場でその時計を買ったので、同行した人たちはみな仰天した。よく思い切ったという驚きと、彼女に似合うとか、似合わないではなく、

「あんな高額な時計を買って、代金が支払えるのだろうか」

とみんなはそれが気になっていた。

あとから支払いは三十六回だったか四十八回だったか忘れたが、長期ローンにしたと聞いて、その点はちょっと安心した。しかし、結局、五回支払ったはいいが、他の品物もローンで買っているために、六回目から時計の分が払えなくなり、それを知った夫が不憫に思って払い続けてくれるようになった。Pさんの手首にはいつもその時計が燦然と輝いていて、それを見るたびに、

「まだあなたのものにはなっていないのね」

とため息をついたものだった。

まだPさんの夫のローンの支払いが続いているとき、また彼女と仕事で海外に行った。そのときは後年、急逝した鷺沢萠さんも一緒だった。彼女はPさんの時計を見て、

「すごいねえ、よく思い切ったよね」

と感心していた。相変わらずPさんは免税店で買い物を続けていたので、私たちはそのあとを、何を買うでもなくついて歩いていた。そのなかでPさんが買ったブランドの時計の売り場があった。鷺沢さんはショーケースを見ながら、私に、

「これ、似合うんじゃない」

と飾ってあった時計を指さした。それは四角い形で、スティールのベルトのところに、ゴールドのラインが二本入っている。

「うーん、私にはそれより、ラインが一本のほうが似合うと思うんだけど」

そう話していると、店員さんがやってきて、ラインが二本のものと一本のものを出してくれた。まず二本のものを腕にはめて、

「ちょっと私には派手でしょ」

というと、彼女は、

「うん、そうかもしれない」

といい、次に私が一本のほうをしてみせると、

「そっちのほうが似合うね。ご自身がお似合いのものを知っていらっしゃいます」

といってくれた。私は時計を買うつもりなどなかったのだが、彼女が、

「一生懸命働いているんだからさ、これくらいの贅沢はいいんじゃないの。アクセサリー代わりにもなるから」

と薦めてくれ、価格も半額になっていたので買ってきたのだった。私が時計を買ったのを知ったPさんが、

「どれを買ったんですか」

と目を輝かせて聞いてきたので、

「あなた様がお求めになったものの、四分の一程度の値段のものでございますよ」

といったら、

「いや〜ん」

と彼女は身をよじり、

「でもローンじゃなくて一括でしょう。この時計、まだ私のものになってないんだも～ん」

といい、隣のハイブランド店に走っていって、オレンジ色のパフスリーブのブラウスを買っていた。

気に入ってはいるが、何となく買ってしまったのと、価格が半分だったので心配になり、帰国してからデパートに入っているそのブランドの店舗に持っていって、見てもらったら、間違いなく正規品といわれて安心した。使ってみると手首にとてもおさまりがよく、重さもそれほど感じず、バランスを考えて作られているのがわかった。ブレスレットのつもりで、外出するときにつけていると、それを見た鷺沢さんが、

「やっぱりその時計よかったね。私、ラインが二本のほうを買おうかな」

といっていたので、

「いいじゃない。めめちゃんにはあっちのほうが似合いそうだし」

と返事をしたのだった。

そしてPさんの時計ローンの支払いが終わり、

「とうとう私のものになりました」

と宣言したとき、あまりに長期間だったので、みんなは彼女が高額な時計を買った

ことすら忘れていた。

「ああ、よかったね」

とみんなで彼女の夫の優しさを讃え、「歳を取るにつれて、似合うようになった気がします」

と喜んでいた彼女に、

「うんうん、よかったね」

とみんなも喜んだ。そして今は、生まれたときからその時計をしていたかのように、彼女にとても似合っている。

男性は女性よりも時計に対して思い入れがあるようで、私の担当編集者だった男性が異動になり、机の中に入れてある時計について悩んでいるとメールが来た。あるときふらっと入った店で気に入った時計があり、それを買ったら時計熱が一気に高まってしまい、それから奥さんに内緒で買い集めるようになった。家に持って帰れないので、会社の机の中に入れておいたが、部署の異動に際して所持品を整理していたら、次から次へと出てきた。数えてみたら、百本以上あったという内容で、びっくりしてしまった。それは絶対に家には持って帰れないから、会社の新しい机にそのままこっそり入れておきましょうとメールを送ると、

「やっぱりそうするしかないですよね」

と返ってきた。子供はおらず、かわいい柴犬と奥さんとの三人暮らしなので、子供の教育費がかかるわけではなく、ゴルフなどの趣味もなく、お酒もほとんど飲まないので、趣味として好きなものを買っていいのではないかと思うが、さすがに百本となると、奥さんに与える衝撃も大きいだろう。男性はネクタイや時計で自分のお洒落心をアピールする場合があるそうだ。自分の社会的な地位を時計によって示したりもする。百本持っている男性も、実はスケルトンの時計が欲しくて、買おうかどうか迷っているといっていた。生活が破綻したり家族に負担をかけるのはだめだが、自分が好きなものを買うのは、人生の楽しみでもあるだろう。

私の時計は趣味というよりも実用的なもので、現在は革ベルトがつけてあるものが一本、スティールのベルトのものが二本である。革ベルトのものは、最初は艶消しの黒いベルトがついていたので、喪服用にしていた。どういう細工なのかわからないが、文字盤がひっくり返せて隠せるところがいいと思って使っていた。しかし家族葬が多くなり、参列する機会がとても少なくなったので、一昨年はピンク、去年はグリーン、そして今年はワイン色の革ベルトにつけ替えて、スティールのベルトが冷たく感じたり、暑く感じたりする真冬と真夏につけている。

スティールのベルトの二本は同じブランドで、ひとつは前述のような理由で買ったのだが、もう一本のほうは、日本に三本しか入らなかったと説得され、考えに考えてまだお金があるときに購入したものだった。私のこれまでの人生に三回ほどあった、清水（きよみず）の舞台から飛び降りたうえに、足をくじいた大きな買い物のうちのひとつである。あるとき対談相手の方が、私と同じタイプで、文字盤にびっしりと小さなダイヤモンドが埋め込まれている、相当グレードが高いものをなさっていた。それを見て、

（いったい、いくらくらいしたのだろうか）

と頭がくらくらした覚えがある。

便利さからいったら、今は時計は必要がないものなのかもしれないが、腕時計を手首にはめる行為はとても好きだ。私の持っている時計はどれも電池式だが、竜頭（りゅうず）を回すタイプの時計だと、手がかかる分、よりいとおしさが増すだろう。生活のなかに便利でないものがあってもいい。これまでそうしてきたように、何度もオーバーホールしながら、これらの時計を大切に使いたいと思っている。

ブックカバーをかける――千代紙、包装紙

現在も持ち物を半分以下にするべく処分中で、毎日、少しずつ不要なものを選別しているのだが、仕事があるとそちらに時間を取られて、なかなか作業が進まない。このところ少しだけ時間が空いたので、これまで手をつけられなかった、本置き場になっている部屋での作業をはじめた。本棚の他に部屋の隅に段ボール箱が積み上げてある。これまでに書いた本や、使った資料などが詰められているのだが、三十数年仕事をしていると、量もそれなりになっている。

その作業のなかで大きなファイルが出てきた。これはいったい何だっけと中を開けてみたら、いせ辰の千代紙だった。これは二十数年前に、単行本の装丁に使えるのではと、担当編集者が資料として買ってきたものだった。結果的に昔風の装丁ではなく、イラストレーターに描いていただくことになり、編集者が私にくれたのを、そのましまっておいたのだった。陽に当たっていないので、変色も劣化もしていなかった。

以前にもこの連載で書いたけれど、私は紙類を捨てるのがとても苦手だ。包装紙はもちろんのこと、五センチほどの紙に好みのネコのイラストが描いてあるだけでも、もう処分できない。いただきもののクッキーが入っていた缶の中にしまっておく。片

づけのプロからしたら、

「そういうことをしているから、物が減らないんです！」

と叱られそうだが、日中に仕事をして、晩御飯を作って食べ、その後に缶をそっと開けて、そこにある使用済みの切手やら、かわいい付箋やら、雑誌から切り取った、私好みの不細工ネコの写真などを眺めながら、

「むふふふ」

とほくそ笑むのが幸せなのである。

そこへ登場したのが、忘れ去っていた手刷りの千代紙だった。最近は過去の出来事をぱっぱと思い出せなくなってきたけれど、考えているうちに、あれこれ思い出してきた。もらった千代紙のうち、何枚かを本のカバーにした。扉つきの本棚を探してみたら、雛人形の柄の千代紙でカバーをした本がみつかった。「明治の文学」というシリーズの樋口一葉集である。このシリーズは他に、徳田秋声と斎藤緑雨の二冊を買ったので、それらにも千代紙のカバーをかけた記憶が蘇ってきた。しかしその二冊は扉つきの本棚には見当たらず、どこかの箱の中にまぎれているらしい。どんな千代紙の柄だったかも覚えていない。

以前、バザーのお知らせが届いたので、本の整理を兼ねて供出しようとしたら、時間切れになって送れなくなってしまったので、本置き場には、整理しきれていない本

や雑誌を床に積み、段ボール箱にも詰まっている。エッセイのテーマとして、本のことも書く連載がはじまるので、手持ちの本を軽々しく処分できなくなったし、ふだん買っている以上に本を買うようになったので、ますます本は増殖するばかりなのだ。

仕事をしていると時折、本置き場から「どさっ」と鈍い音がする。様子を見に行くと、積んであった本や雑誌が崩れて、だだーっと床に散らばっている。それをまとめて適当に積んでおくものだから、ますますどこに何があるのかがわからなくなる。ただ必要な本がある場所は何となくわかっていて、

「このあたり」

と本の山を捜しはじめると、必ず下のほうからでも発掘できるのが不思議でもある。こんなときには、本にカバーをかけていなくて本当によかったと思う。カバーをかけていたら、手持ちの本の把握ができない。本のカバーはきちんと本が整理できる人のためにあるのだ。

私は昔から本にカバーをするのが嫌いで、今も書店で本を買うと、

「そのままでいいです。カバーも袋もいりません」

といってレシートと本をもらって帰ってくる。昔は本はとても大切なものだったので、本を買うとカバーをかけてもらう人が多かった。何もいわなくても、書店のおじさんがカバーをかけてくれて、それを手渡されたし、複数冊買うと輪ゴムで留めてく

れたりした。カバーをかけた本をまた袋に入れるようになったのは、後になってからだと思う。最近は過剰な包装を避けるようになったため、袋を断る人は多いが、書店で見ているとカバーをかけてもらう人はまだいるのだ。

私は大学に通っているとき、学費と自分のお小遣いを稼ぐために、ずっと書店でアルバイトをしていた。レジ係と包装係の二人一組で精算カウンターに立ち、私はレジ担当だが、包装係の女性がトイレに行ったり、本の在庫を聞かれて担当者に聞きにいったりして、いなくなったときには、本にカバーをかけるのも私の役目だった。

カウンターの中には、文庫、新書、単行本の大きさにカットされた包装紙が置いてあった。八×十五センチ、厚みが七ミリくらいの、使い込まれた木の板も二枚置いてあり、すぐに本にカバーができるように、暇なときにそれぞれの本の大きさに合わせて、紙を何枚か重ねて折り、紙の上に板を滑らせてきっちりと折り目をつけておくのが、仕事の一部だった。精算後、

「カバーをかけて」

といわれてから、カバーを折りはじめると、時間がかかるからである。

お客様が来なければレジ係も暇なので、カウンターの中で二人でせっせとカバー用の紙を折っていた。今から四十五年ほど前の話だが、当時はカバーはいらないという人はほとんどいなかった。カバーをかけたうえに、袋に入れて欲しいという人も多か

った。そのまま持って店を出ると、万引きに間違われる可能性もあったし、喫茶店や電車内で読むときには、書名を隠したかったのだろう。

なかには単行本を二冊買い、カバーをかけたうえに、

「その紙を五枚ください」

と持っていく人もいた。私たちが何も考えずにサービスのつもりで渡したら、あとから主任がやってきて、そういわれても丁寧にお断りするようにといわれた。どうしてかとたずねたら、なかにはもらったカバーを持って他店に入り、万引きした本をそのカバーでくるんで、店員に咎められても、

「他の店で買った」

という輩がいるからとのことで、私たちはびっくりした。そしてカバーの紙を欲しいといった男性の姿を思い出しながら、

「あの人、万引きするつもりかしら。それともただ欲しかっただけなのかしら」

とこそこそと話し合った。たしかに万引き犯は老若男女の関係なくいて、それなりに大きな書店だったので、ほぼ毎日といっていいほど、犯人がつかまっていたのだけれど、彼ら、彼女たちがつかまり、その顔を見るたびに、怒るというよりも悲しい気持ちになったものだった。

私は本は乗り物の中では読まず、家でしか読まないので本のカバーは必要としてい

ない。たしかに本棚に並べたときに、様々な書店のカバーであっても、それなりに統一感がでるから、見た感じは整っているかもしれないが、私の場合は仕事で緊急に必要になることも多いので、ひと目でわからないと困る。なのに必要な本がすべて、すぐに探し出せないというのが、大きな問題なのだ。

もらった千代紙をこのまま置いておいても仕方がないし、とても捨てるなんてできない。そこで絶対に処分しない本のブックカバーにしようとしたわけで、本にカバーをするのが第一の目的だったわけではない。千代紙で何か小物を作る術も持っておらず、美しい紙を細かく切るのも心が痛んだので、なるべくそのまま使えるような用途として、私にはブックカバーしか浮かばなかったのだ。友だちからは、「まるで男の部屋のようだ」といわれている私の部屋には、愛らしい色や柄の千代紙は似合わないのだが、本棚にこういったものが何冊かあってもいいのではないかと思っている。

何年か前に、自分の着物のはぎれを利用して、ブックカバーを作っている女性を雑誌で見た。うちにも着物のはぎれがたくさんあるので、これはいいと思って、ある時期、本気になって型紙などを作ったのだが、裏打ちをするための、正絹用の芯地などを用意する必要があり、材料を揃えないまま時間が経ってしまった。こちらも本にカバーをするのが目的ではなく、はぎれの利用法として、ブックカバーがあったわけで、私がカバー好きだったとしたら、一も二もなく、すぐに作っていたはずだ。ルリユール（手仕事の製本、装丁）は絶対にできないが、いつかは自分の思い出のあるはぎれで、ずっと読みたい本を包むのは悪くないかもと考えている。

　自分の気に入った紙がいつもあるわけでもないのだが、昨年、知り合いの友人のお宅にうかがったとき、出された紅茶がとてもおいしくて、銘柄を聞いたらシンガポールのTWGのものだった。都内で買えるところを調べてみたら、丸の内、銀座、二子玉川、自由が丘にしかなく、銀座付近に行く用事があったときに、まとめ買いをしていた。そして昨年のクリスマスに、私が紅茶を気に入っていたからと、その方からきれいな箱に入り、かっこいい包装紙に包まれた紅茶セットをいただいてしまった。もちろん中身もうれしかったのだが、その包装紙の厚さといい、柄といい、

「絶対にこのまま捨てるのはもったいない」

　ととっておいた。自分で買うものには包装紙は断るので、美しい包装紙はいただきものでしか出会えない。おまけにこの包装紙は、片面が茶色地に黄色の柄、もう片面が黄色地に茶色の柄のリバーシブルになっている。ここの紅茶は他のものよりも値が張り、まあそれもこの包装紙やショッパー込み、ということなのだろうが、思いついたのがまたブックカバーだったのだ。

　半分にカットすると文庫本二冊分が十分とれるので、本棚の前に立って、さてどの本にカバーをしようかと考え、昭和六十年と奥付にある、角川文庫の篠原勝之『嵐の

中をアカ犬が走る』『放屁庵退屈日記』の二冊の文庫本に目がとまり、この二冊にネガポジでカバーをかけることにした。なぜこの二冊にしたかというと、本棚の文庫のなかで古株で変色もしているので、いたわってあげようと考えたのだ。小学生の頃から読んでいる日本文学の文庫本もあるが、それは劣化すると買い直してきたので状態はいい。文庫本になってもいつでも手に入るわけではないので、手元にあるものを大切にしようと思ったわけなのだ。同じ著者の『人生はデーヤモンド』もあるのだが、こちらは単行本なのでサイズが大きく、紙を最大限に活かすことを考えると、今回はカバーを見送った。

紙を折り、本にかぶせると、また趣が変わる。装丁と同じように本の中身と手製のブックカバーを自分なりにコーディネートするのも面白そうだ。手刷り千代紙をまとった樋口一葉集と、紅茶の包装紙の放屁庵が並んでいても、私の選択ということでいいのではないか。

厚さが三十七ミリあり、ぜひカバーをかけたい『荒木陽子全愛情集』があるのだけれど、これに見合うブックカバーにふさわしい紙がうちにはない。カバーにするために探すのではなく、たまたまうちに巡ってきたもののなかから作りたい。着物のはぎれの山を見ても、内容に見合いそうなものはなかった。これから所有する本を最小限にして、紙や布でそれらに似合うカバーを作り、本棚に並べるのも老後の楽しみとしていいかもしれないと思いはじめたのだった。

掃除をシンプルに——箒とはたき

昔から電気掃除機は好きではなかった。最初にひとり暮らしをしたときも、掃除機はなく、箒（ほうき）でやっていた。四十年前にはクイックルなんとかという、便利な掃除道具などなかったので、あとは乾いた雑巾（ぞうきん）と濡（ぬ）れた雑巾と、新聞紙を使っていた。当時は丸めて濡らした新聞紙でガラス窓を拭（ふ）くと、汚れがよく落ちるといわれていたのである。

電気掃除機の何が嫌いかというと、まず掃除をする前のセッティングが面倒くさい。じゃばらのホースを本体に接続し、はめ込み式のプラスチックの筒をホースにはめ、吸い込み口のブラシの畳か絨毯（じゅうたん）かを選択し、コードをぐいぐいと引っ張り出してプラグをコンセントに差し込む。それでスイッチをいれてやっと使えるのだが、広い部屋で使っているわけではないので、あっちこっちに本体がぶつかると、その拍子にころりと転がる。舌打ちしながら起こし、家具のすきまを掃除しようとすると、吸い込み口のブラシを、先が斜めにカットされた付属品に付け替えなくてはならない。いろいろと面倒なうえに、埃（ほこり）っぽい排気を本体のお尻（しり）から放出してくる。徐々に使いにくいところが改良されて、本体が転がりにくいものになったり、軽量化されたりしていたが、それでも買う気にはならなかった。畳とフローリングの住居だったら、掃除は箒で十分だった。

　ちゃんとした掃除機を買ったのは、今の住居に引っ越した二十八年前である。絨毯敷きの部屋が二部屋あり、そこを掃除するには掃除機が必要だった。そこで掃除機から出る排気が、空気清浄機並みという、呼吸器に持病がある人たちに人気がある、海外メーカーの掃除機を買った。排気のにおいもまったくなく吸引力にも問題はなかったのだが、とにかく外国人仕様なので重いのが困った。いちいちセットするのも面倒くさいので、部屋の隅に立てかけておき、掃除のたびにそれをよっこらしょと持ち出すのも辛い。国産の掃除機でも格闘している気分なのに、海外メーカーのものだと掃除をするたびにひと仕事で、部屋はきれいになるものの、どっと疲れた。

　その後、ネコを保護してからは、毎日、掃除が必要になった。フローリングの居間は、朝起きてすぐに、掃除シートをかませたフローリングワイパーで拭く。うちのネコは獣医さんから、洋ネコの長毛と和ネコとのミックスではといわれていて、純粋な短毛種ではなく、毛が細くて柔らかくて長めだ。そして抜けた毛はふわふわと部屋の離れたところまで飛んでいく。もちろん室内の隅から隅まで走り回り、絨毯敷きの部屋では仰向けになって体をこすりつけていた。

　畳やフローリングの部屋は問題ないのだが、絨毯敷きの部屋の掃除が大変だった。

おまけにループ織りの絨毯なので、そこにネコの毛がからんで、いくら掃除をしてもネコの毛が生えているのではないかと思うくらい、次から次へと出てくる。そのうち大きな掃除機を転がすのに疲れ、それを処分して国産の小さな掃除機を買った。コンパクトで紙パックもいらず、結構、雑に扱っても本体が倒れない。さすがに新しいものはよく出来ていると感心して使っていたのだが、面倒くさいのは同じである。小型なので仕方がないのかもしれないが、吸引力がいまひとつなのも問題だった。

それからは絨毯敷きの部屋を掃除するときは、事前にネコの毛を搔き出しておくため、濡れ雑巾を固く絞ったものや、たわし、厚手のゴム手袋などで絨毯をこすっていたが、いまひとつ完璧だとは思えなかった。そしてだんだんどうでもよくなってきて、適当にがーっと掃除機をかける程度で、絨毯敷きの部屋に関しては、ずっと絨毯のループにからみついて潜んでいるであろう、ネコの毛についてはないことにしていた。

そんな話を友だちにしたら、

「スティック型の掃除機がいいわよ。型落ちだったら安くなっているんじゃない」

と薦められた。彼女の家は三階建てなのだが、掃除機を持って階段を上り下りするのが面倒なので、各階に置いているのだという。前々から評判の外国製のその掃除機をネットで見てみたら、やや古いタイプなので価格も安くなっている。たしかに充電は必要だが、それさえしておけば、使いたいときにさっと使えるのがいい。

早速買って組み立てて充電し、絨毯敷きの部屋に使ってみた。外国製でもこのくらいの重さなら我慢できる。うちの絨毯はグレーなのだが、色がみるみる明るく変わってきた。びっくりしていると、今度は吸い込み口からゴミが飛び出してきた。たった一畳半ほどしか掃除をしていないのに、掃除機内のゴミを溜める容器がいっぱいになってしまったのだった。

「げげっ、こんなに」

スイッチを切って、筒の部分にまでぎっちり詰まっているネコの毛やごみを取り除き、

「恐ろしや。恐ろしや」

とつぶやきながら掃除を終えた。これまで使っていた掃除機って、いったい何だったのかと思った。便利なスティック型掃除機だけれど、やはりどうしても掃除機は好きになれない。私自身は掃除嫌いだと思っているが、掃除をするには、

「箒がいちばん気楽で便利」

なのである。

何年か前に「掛け不精ほうき」という小型の箒を買い、冷蔵庫の側面に大きめのマグネットフックをつけて、そこに掛けていた。箒には丈夫なひっかけるための糸がついているが、洋室では、それをひっかける場所がない。この掛け不精ほうきは、柄の

先が傘の持ち手のように曲げられていて、ひっかけられるようになっている。うちの台所は狭く、掃除機だと使い勝手が悪いので、この箒でささっと掃除をしていたのだが、居間のついでに台所でもフローリングワイパーを使うようになってから、冷蔵庫脇に掛けたままになっていたのだった。

これがあったじゃないかと、ほうじ茶や紅茶の出し殻を撒き、フローリングの台所や居間を掃除してみると、気持ちがいいくらいに、さっさと掃除ができる。箒は小回りが利くのがいい。ゴミは「はりみ」というちりとりで取る。はりみには柿渋が塗ってあり、防虫、除虫効果があり、静電気も起きないのだそうだ。電気を使わないエコな感じでもある。

やっぱり箒はいいと思っていると、これを買ったときに、柄の長い棕櫚(しゅろ)の箒とはたきも買ったのを思い出した。両方とも購入直後はしばらく使っていたが、ネコを飼ってからは居間と台所、脱衣所にはフローリングワイパーを、畳と絨毯敷きの部屋には小型掃除機を使うようになったので、出番がなくなってしまったのだ。処分した記憶がないので室内のどこかにはある。

「さて、どこに置いたっけ」

と捜してみたら、本置き場の扉付きの本棚と壁のすきまに立てかけてあった。

「おお、これだ」

忘れていたのは箒には申し訳なかったが、このしっかりとした箒にも、これからは働いてもらおうと思う。この棕櫚の箒はボリュームがあって、畳、絨毯、フローリングにも使える。しかし実際、うちのネコの毛がからんだ絨毯を掃いていると、毛や埃が箒にからみついたり舞ったりしてしまう。ネコの毛がなければふつうに使えると思うので、うちのネコが元気でいる限りは、絨毯敷きの部屋はスティック型の掃除機を使うつもりだ。

玄関とベランダの箒も、ずっと使っていたものが壊れてしまい、水に強く丈夫な海外のアレンという木に巻き付いている繊維を使って作られているものを買った。私の借りている部屋はベランダがとても広く、風が強い日には舞い上げられた土埃、砂埃、葉っぱなどが散らばり、ベランダ用の箒は必需品なのである。以前のものは量販店で買ったので、柄が短いいわゆるベランダ箒だったが、これから使うには、不必要に腰を曲げなくてもいいように、柄の長いものにした。職人さんの手作りなのに、千五百円＋税という価格で、とてもありがたかった。

私は身長百五十センチなので、背伸びをしても高いところにある埃がとても見えにくい。そこで棕櫚はたきで高いところをなぞって、埃を取っていたのだが、このところずっと不精をして、フローリングワイパーのシートを付け替えるとまず、それで高い場所を拭いてごまかすようになってしまった。しかし最近は生活しているなかで、プラスチックをできるだけ排除するようにしていて、これまで使っていたフローリングワイパーが劣化したのを機に木製のものに買い替えた。シートはあと五枚ほど残っているので、それを使い終わったら、不要な綿や麻の服をカットした、掃除用の使い捨て布をかませて使おうと考えている。

はたきも昔ながらのものが使いやすいのではと探してみたら、こちらも売っているのがわかって、つい買ってしまった。私は子供の頃から、書店で立ち読みはしなかったけれど、昔は書店での立ち読みには、必ずはたきが登場したもので、書店の店主が口ではいわずに、ぱたぱたとはたきで本棚をはたきはじめると、

「もう、いい加減に帰りなさい」

というサインだった。同級生の男子が、

「あの本屋は、すぐにはたきおやじが来る」

と文句をいっていたのを覚えている。

このはたきの、はたく部分には正絹が使われていた。私は子供のときは、はたきを修理する担当だった。修理といっても簡単に壊れるものではないので、汚れた布の部分を付け替えるのだ。何年かに一度の作業だったが、私にはとても面白かった。はたきの柄のできるだけ上部に細くて短い釘を刺す。家にあるはぎれを幅四~五センチ、長さ六十~七十センチほどの長方形に切り、中央に棒が通る程度の穴を開ける。そし

て持ち手のほうからはぎれを通していき、すこしずつずらしながら釘を覆うようにかぶせて隠し、先端に近い釘の根元をしっかりと紐で結んで固定すると、はたきが出来上がるのだ。新品には白や桃色の布がつけられていたが、それを家で付け替えると、母の着古した襦袢なども使うので、白地にピンクの柄物になったりした。はたきを振って神主さんの真似をしたり、遊びに来るのらネコをじゃらしたりして、子供のおもちゃでもあった。

しかし棕櫚でも正絹でも、はたきを使うと、私の場合は頭の上から埃が降ってくるので、頭部をカバーしなくてはならない。手近にある手ぬぐいをかぶったりしているけれど、客観的に見て、あまり人には見せられない姿である。はたくというよりも、ぬぐったほうがいいのかもしれない。

掃除嫌いとしては、部屋に置いておいても、見苦しくない埃取りがあるといいのにと探してみると、レデッカー社の山羊毛のはたきがみつかった。形が愛らしく、置いておいてもこれだったらみっともなくない。はたきといっても日本のような形ではなく、大きなブラシといった雰囲気で、二十七センチの木製の短い柄に、ふわっと拡がったスカートみたいな形に、七センチの長さの毛が植え込まれている。私は白を買ったのだが、白の毛には直径二センチくらいの黒い毛で、黒のほうには白い毛で同じように丸いアクセントがつけられていてかわいい。使った感じは毛がとても柔らかく、埃もよく取れる。堆積（たいせき）しているものは無理そうなので、毎日、こまめに掃除をすることが大切だとよくわかった。

暖かくなってきて戸や窓を開け、すぐに掃除に取りかかれる箒を手にして床を掃いていると、掃除嫌いの私でも、きれいになるのが楽しくなってくるのだった。

なごむ置き物――仏様、マリア様、ネコ様

私は特定の宗教を信仰しているわけではないけれど、仏像、マリア像をはじめ、他の神々の像を見ると、それなりに美しいと感じる。特に仏像を見ると、いつも広隆寺(こうりゅうじ)の国宝、弥勒菩薩(みろくぼさつ)像の話を思い出してしまう。子供の頃、美しい仏像の代表格はこの弥勒菩薩像だった。当時の私にはその美しさがわからず、

「ふーん」

と思いながら、テレビでの映像や、写真を見ていたのだが、大人たちがその美しさを表現するのに、京都大学の学生が、この仏像の美しさに魅せられて、像の薬指を折ってしまったという話が、必ずセットになっていた。これを聞いても当時の私には理解できない話だった。

あらためてインターネットで調べたら、指を折ったのは事実だが、自首した学生は仏像の美しさにぽーっとなったわけではなく、「金箔(ぱく)が貼られているといわれていたのにそうではなく、木目のままで埃(ほこり)がたまっていた」と話し、管理人がいなかったのでつい触ってしまった。美しさにぽーっとしたのではなくその逆で、指を折った理由は自分でもわからないといったそうである。ぽーっとしたほうが、ロマンチックでも

あり、仏像の美しさを伝えられるかもしれないが、インターネットの情報が本当だとしたら、実際には埃まみれだった仏像は気の毒だった。指が破損したのは事実だけれど、その後、見事に修復されたとのことだ。

私が育った家には仏壇がなかったし、両親とも宗教が嫌いだったので、それに関するようなものはなかったが、マリア様について書かれた絵本や子供向きの本が、二冊あった。両親が子供の本を読むはずがなく、私がねだらないのに、これらの本が家にあるのは不思議だった。小学生のときに、

「どうしてこの本があるの」

と聞いた記憶がある。母親の話によると、近所に教会があって、そこの修道女の方々が布教も兼ねていたのかもしれないが、子供向けの本を持って、各家を廻っていたという。たしか値段は書いていなかったと思うのだけれど、私の想像では買うというよりも、本を受け取って寄付のような形でお金を渡していたのではないだろうか。その他には、宗教系の本は一切なかった。何があったのか知らないが、両親とも僧侶を嫌っていて、

「あの人たちは陰で何をやっているのかわからない。信用できない」

とよく悪口をいっていた。ふだんは仲の悪い両親が、こういうところで意見が一致しているのも不思議だった。仏教よりもキリスト教のほうが、彼らには印象がよかっ

たのだろう。

現在、そんな私の部屋には、キリスト教、仏教関係の像が置いてある。今から三年前、猛暑続きの夏で、私もへばったが、うちの当時十九歳の老ネコは、よりへばっていて、反応が鈍くただぼーっとしているだけだった。冷たいタオルで体を拭いてやったり、うちわであおいでやったり、ネコはクーラーが嫌いなので様子を見ながら、クーラーのスイッチを入れたり切ったりしていた。それまでは冬は苦手だけれど、暑さには比較的強いはずだったのに、いまひとつしゃきっとしていない。メスネコにはお決まりのグルーミングもしなくなり、私がその代わりをしてやりながら、年齢も年齢なので、そろそろお迎えが来るのかもしれないと覚悟していた。

そんなときフランスの陶器メーカー、アンリオ・カンペールのサイトを見ていたら、ある像に目が留まった。なぜこのサイトを見たかというと、友だちの誕生日プレゼントを買いに、ギフトショップに入ったら、そこにカンペールの食器が置いてあったからだった。素朴でぽってりとした重みのある食器には、人物や動物、草花など、様々な絵が描かれていた。そのときは友だちには、他のブランドのクッションカバーを買ったのだが、この食器は頭の中に残っていた。

その像はキリストを抱っこしているマリア像だった。瓜実顔(うりざね)の清らかで美しいリアルなマリア像は見たことがあるが、これは日本の郷土人形のような雰囲気があり、素朴で愛らしいのが気に入った。大きさが三種類あるなかで、いちばん小さい十五センチのものを買った。うちのネコに万が一のことがあったとき、お骨箱の隣にこの素朴で愛らしい像を並べてあげようと思ったのだった。いちおうネコのためにという気持ちではあったが、実は自分のためだったのかもしれない。

反応も鈍く、ぼーっとしている老ネコを見て、毎日、いつお別れが来るかとどきどきする日が続いていた。そんなとき、ふだんはそんなことなどしないのに、私が食べていた天然鰻の蒲焼きを異常に欲しがり、ちょうだい、ちょうだいとわあわあ鳴きはじめた。その蒲焼きは某店の営業の人から薦められ、

「ええっ、四パックでそんな値段？」

と驚いたのだが、猛暑で疲れてもいるし、おいしいものを食べようと買ってみたのだった。私には老ネコの冥土の土産という気持ちもあり、たれがついた部分をお湯で洗い、欲しがるだけあげた。食欲がなかったのに、ネコはあっという間に半分食べた。翌日も同じように、ちょうだい攻撃がすごかった。私は値段のこともあるので、一パックずつ大切に、日を置いて食べようとしたのに、老ネコは晩御飯の前になると冷蔵庫の前で、にゃあにゃあと鳴いて催促するようになった。

「また、『うな』が欲しいの？」

と聞くと、それまで半分しか開いていなかったような目が、ぱっちりとまん丸にな

り、

「にゃあ」

と大きな声で返事をした。老ネコは連日食べているうちに、ぼそぼそだった毛にも艶が出てきて、とても元気になった。天然鰻の蒲焼きに老ネコが欲する、何らかの栄養分が含まれていたのだろうが、それがいったい何なのかはわからない。四日目に、

「これで最後ですよ。おしまいよ」

といって器に入れてやると、ぱくぱくとおいしそうに食べ、満足そうに前足で顔を撫で回していた。

「よかったね、おいしかったね」

頭を撫でながらそういうと、ネコはかわいい顔で、

「にゃあ」

といった。元気なときのネコに戻っていた。

しかし鰻は四パックしかない。いちおうこれで終わりといったものの、老ネコの頭では理解できなかったらしく、それから三日経ったらまた、冷蔵庫の前に座って鳴いている。

「うな？」

と聞くと、目をぱっと輝かせて、私の顔を見た。

「この間、全部食べちゃったでしょう」

ネコは不満そうな顔をしている。

「わかったよ、じゃあ、明日、買ってくるから、今日は我慢しなさい」

ネコはおとなしく引き下がった。

翌日、特に他には用事はないのに、高級といわれているスーパーマーケットまで、鰻を買いに行った。先日食べたものよりは安いけれども、一般的なものに比べて、それなりに高価なものだ。きっと喜ぶだろうと様子見で、器に少しだけ入れてやったら、ふんふんと匂いを嗅いだだけで、食べようとしない。

「えっ、うそ」

ネコはそっぽを向いたままで、二度と匂いを嗅ごうともしなかった。老ネコにとっては、「うな」はあの天然鰻であり、高級スーパーで売っていても、これは彼女にとって「うな」ではなかったのだ。

営業の人に、再び天然鰻のパックが手に入るか聞いたところ、もう入手できないといわれ、それをネコに説明した。納得したかどうかはわからないが、その「うな」のおかげか、二十二歳になった今も元気で過ごしている。グルーミングも爪とぎも欠かさずやるようになった。しかし鰻を大喜びで食べたのはそのときだけで、ずっと元気でいてもらいたいので、毎年、夏場に鰻の蒲焼きを買い、

「食べる？」

と匂いを嗅がせても、まったく関心を示さない。ネコが決めたグレードの「うな」でないからか、それとも栄養的に、必要なくなったのかはわからない。マリア像の隣に並ぶのは、まだ後にしてもらいたいものだ。

宗教関係の像が、うちにあるのはそれがはじめてではない。十六年前、鷺沢萠さんが急逝したときに、仏像のコレクションをしていた友だちが、手元にあった仏像をひとつくれた。その人も鷺沢さんと何度も会ったことがあり、

「似ているから」

と持ってきてくれたのだ。もしも彼女がこの像を見たら、

「えーっ、おねいちゃん、私、こんなに丸顔で太ってる？」

と笑いながらいうだろう。

「稚児だからねえ。でものちの大日如来だから立派な像なんだよ」

一人で彼女と会話をして、ベッドルームのチェストの上に置いてから、ずっとそのままになっている。偶然、この原稿を書いていた日が彼女の命日で、

「やっぱり私はこんなに太ってないよ」

という彼女の声が聞こえてきそうで、ふふふと笑ってしまった。

この稚児大日の前には、友だちからのバリ島みやげの、果物カゴの置き物も置いて

いる。西瓜、ぶどう、パイナップル、マンゴスチンなどのフルーツが、直径八センチの手作りのカゴに入っている。残念ながら近所の生花店が休業しているので、今年の命日は花はなしで許してもらおう。

考えてみたら、こちらも友だちからのもらいものなのだが、ネコ雛(びな)もある。私が生まれたときに雛人形は買ってもらったのだが、保管の方法が悪かったのか、当時の木造家屋では仕方がなかったのか、六歳のときに飾ろうと箱を開けたら、女雛の顔面がネズミに食いちぎられていた。母親は、

「ひゃあああーっ」

と声を上げ、

「何て縁起が悪い」

ととても不機嫌になっていた。びっくりした幼い弟はぎゃあぎゃあ泣いていたが、私は特に何の感情もなく、顔面を食いちぎられた雛人形を見ながら、

(雛祭りに雛あられが食べられれば、人形はなくてもいいや)

と思っただけだった。

しかしひとり暮らしをするようになってから、雛祭りに飾るものがひとつくらいあってもいいんじゃないかと、アンティークの人形店で見せてもらった、身長が五十センチ以上ある市松人形を購入した。戦争がはじまる直前のデッドストックで、着物が

モスリンの薄物でかわいそうだったので、人形の着物の縫い方を教えてくれる教室に通い、古着店で子供用の着物を買って振袖（ふりそで）を縫った。

その後、今は老ネコとなった子ネコを保護してからは、ネコが人形に興味を持って匂いを嗅いだり飛びつこうとしたので、飾るのはやめて桐箱にしまっている。雛祭り用のお飾りがなくなってしまったら、ちょうど友だちがネコ雛をプレゼントしてくれた。かわいいし運よくネコも興味を示さなかったので、三月になると毎年飾っている。横が十八センチ、高さ七センチ、奥行き四センチとコンパクトなのだが、置いてあるだけで雛祭りの雰囲気が出てうれしい。基本的に掃除が嫌いなので、埃をとらなくてはならないものが増えるのはいやなのだが、これくらいはあっても負担ではない。今住んでいる部屋から引っ越したとしても、これからも目につくところに置いておこうと思っている。

花を飾る――花瓶

私は花というものが苦手だった。見るときれいだとは思うのだけれど、実際、家で活けるとなるとちょっと面倒くさかった。買った直後はうれしいし、やっぱりいいなあとうれしくなるのだが、花に元気がなくなってくると、いつ処分をしていいのかわからず、完全に枯れるのを待っていると、どうしても室内が陰気になる。枯れた花を処分して花瓶を洗ったりするのも手間だった。

こんな私でもたまーに気分が向いて、年に二度ほど花を買ったことがあった。花があると部屋が華やいで気分も上がるのに、私が活けると、いつもといっていいくらい、あっという間に花は枯れていった。三日くらいでぐったりしてしまうので、花ってこんなものだったっけと友だちに聞いたら、一週間、長ければ二週間は持つはずだといわれた。

「花が枯れるくらいのあなたの毒気が、部屋に充満しているんじゃないの」

友だちは笑っていたが、もしかしたら本当にそうかもしれないと、私は笑えなかった。

たとえば動物好きな人は相手の動物もそれを察して、すり寄ってくるといわれる。

私もそれでイヌやネコ、鳥ともコミュニケーションがとれたりする。多くの場合、向こうも尻尾を振ったり、近づいてきたりして反応してくれる。花にもそういう感覚があり、園芸に長けているいわゆる緑の指を持っている人や、花に愛情を持っている人に対してだと、

「がんばって咲こう」

と花なりに努力してくれるのではないだろうか。私のように花がそれほど好きではないのに、気まぐれで買ったような人間には、花のほうもそれには応えてくれず、

「どうせあんたはろくに面倒を見てくれないでしょ」

とさっさと枯れてしまうのだろうと考えていた。

若い頃、毛糸屋さんで知り合った女性が、学童保育の先生をしていた。私の二歳下で控えめな人だったのだが、具体的に相手がいるわけではないけれど、結婚したいのにできないと悩んでいた。そして、

「私は不細工だから」

というのだった。誰に似ているかというと、オアシズの大久保佳代子さんが、ショートカットにした感じの人だったが、私は大久保さんを不細工とは思っていないので、当然、そのときも彼女がいった言葉にびっくりしたのである。

「えーっ？」

と驚いていると、彼女は子供たちに、

「先生はどうして結婚できないのかなあ」

と聞いたのだそうだ。すると子供たちは、

「うーん。ブス子ちゃんだからかなあ」

といったという。彼女は、

「そうか、それだと結婚できないんだね」

というと、子供たちがそれは大変と心配になったのか、真剣に彼女がどうしたら結婚できるかを考えてくれたのだそうだ。洋服が地味だからもう少し派手に、お化粧をもっとしたほうがいい、髪を伸ばしたほうがいいのではないか、などなど。

「子供たちがあまりに一生懸命に考えてくれたので、おかしくなっちゃいました」

彼女は笑っていた。

しかしこの彼女の植物の知識が半端じゃなかったのである。二人で道を歩いていると、道ばたや道路脇の家の前に生えている草を指さして、

「これはスズメノカタビラ、これはハハコグサ、こっちはジャノヒゲで、あっちはタマリュウ……」

などなど、目に入る小さな植物すべての名前を教えてくれる。私はへええと驚きながら、

（こんなに草花の名前を知っているような人が結婚できないほうがおかしい）

と思った。きっと彼女が花を買ったら、ずーっと長持ちして咲き続けているような気がした。もともと知的な人で、かつそういった心持ちの人は、結婚できるに違いないと確信したのである。その数年後、彼女が結婚したという話を聞いて、それはそうだろうと納得したのだった。

それに比べて私ときたら、まったく花との相性が悪い。あまりに花が咲いている期間が短いので、次につぼみがたくさんあるものを買っても、そのつぼみがひとつも開かないうちに枯れる。そのたびに花に対して申し訳ない気持ちになり、きっと私のような人間に買われて、絶望したのだろうと、なるべく花に迷惑をかけないように、そして自分も面倒くさくないようにと、花からは遠ざかるようになった。

今から二十数年前、そんな私に知り合いが美しい豪華なクリスタルの花瓶をプレゼントしてくれた。高さが二十七センチ、直径十五センチの大きなもので、とてもうれしかった。花束をいただく機会があると、そこに活けておいた。年末に冬に咲く啓翁（けいおう）桜を送ってくださるところがあり、その枝の束が届くと、どんとその花瓶に活けていた。そのおかげで正月から二月、三月にかけて、桜の花が咲き終わると葉桜になるという風情を味わわせてもらっているのだが、明らかにクリスタルの花瓶に、枝ものは合わない。これに合うような陶製の花瓶を買わなくてはと思いつつ、基本的に興味がなかったものだから、ここ何年も桜にはクリスタルの花瓶で我慢してもらっていた。

二月に母が老衰で亡くなり、仏壇はないけれどとりあえず供養の場所といっても、木製プレートの上なのだが、友だちがくれた象牙（ぞうげ）を彫った小さなお地蔵さんなどと一緒に、とりあえず花を飾っておいた。そこに置いてあるのはいただきもののクリスタルの花瓶で、その大きさに見合う量の花と考えて、ピンク色のストックを何本か購入したら、妙にゴージャスになってしまった。母は私と違って緑の指を持っていたので、そのほうが喜ぶだろうとは思ったのだが、あきらかに大ぶりすぎて周囲とのバランスが悪い。活けている花が枯れたら、花瓶ごと撤去しようと考えていたのである。

ところが母の何かが乗り移ったのか、部屋に花がないと落ち着かなくなってきたのである。寒い時季は鉢植えが多いようだが、二月、三月となると切り花も増えてくるらしく華やかになる。花なんて家になくても何とも思わなかったのに、とても不思議だった。彼女は欲の深い人間だったので、あの世から、

「あんた、私のために花くらい活けなさいよ」

と念波を送ってきているのではないかと思う。また特に何をしているわけでもないのに、以前よりも活けた花が長持ちするようになったのも不思議だった。

花を活けるにはこの花瓶は立派すぎる。記憶をたどって捜してみたら、大昔に買ったクリスタルの一輪挿しが出てきた。直径十五センチの大型の花瓶と直径二・五セン

チの一輪挿しという極端な大きさのものしかなく、いちばん利用範囲があると思われる、中間の大きさのものがない。若い頃に高さ十八センチ、直径八センチくらいの、陶製の円筒形の白いキッチンツール入れを、花瓶として使った記憶もあったが、ないところをみると処分してしまったのだろう。

花を買うようになってわかったのは、花の悪くなっているところをカットしつつ、活けるのは可能ということだった。以前はあっという間に枯れるので、そこまでわからなかった。少しずつ悪くなった部分をカットして、最初は大きな花瓶に投げ入れ状態になっていても、全体のボリュームが小さくなってくる。そうなると枯れた花を抜き、葉を取ったりすると、ひとまわり小さな花瓶のほうが具合がよく、活け替える中間の大きさの花瓶が必要になってきたのだった。

ところが探してみると、なかなか気に入ったものが見つからない。気に入ったとしても、ものすごい値段がついていたりする。百均で買うと、欲深い母があの世から、

「私のためにあんな安物を買った」

と化けて出てきそうなので、私が花瓶として適当な価格と感じる値段のものから探すしかなかった。

それからは、今までそんなページなどすっとばしていたのに、送られてきた雑誌に花が活けられた写真があると、じーっと観察したり、インターネットでどうやって花

が活けられているかを見てみたりした。しかしインスタ映えを考えているのか、どれもお洒落すぎていて、日常的に花を活けるようなスタイルではない。もっと自然に、文字通り投げ入れたような雰囲気がいいのになあと、自分のなかでイメージをふくらませようとしたのだが、関心のない分野でもあり、どうしていいのかわからなかった。

悩みに悩んで買ったのは、高さが十九センチほどの陶製のピッチャー型の花瓶だった。これだったらカジュアルな雰囲気でいいのではないかと考えたものの、意外に花を選ぶのがわかった。ここで私ははじめて、花瓶と花とのバランスが大事なのを学んだ。クリスタルの大きな花瓶は、花のボリュームを考えて活ければとても素敵なのだけれど、うちにはある程度の本数を活けられるのはその花瓶しかなかった。花を枯らすわけにはいかなかったので、いってみればただの保管場所のようなものだった。しかしこれからはそうはいかない。ちゃんと花瓶とのバランスを考えて花を買い、そして活けなくてはならないのだ。

こういうところのセンスのない私は、

「いったいどうしたらいいんでしょ」

といいながら、花が活けてあると、花と花瓶のバランスをじーっと見た。そのはずなのに、花を買って花瓶に活けてみると、本数が多すぎたりしていまひとつだった。

そのピッチャー型花瓶にはたくさんの量の花が活けられないので、枯れたりして本数が減ってくると一輪挿しに活け替えようとしたが、一輪挿しには入りきらず、枯れそうだがまだ枯れきっていない状態のものを元に戻そうとすると、貧乏くさいという状況になり、どうしたらいいかと再び考えた結果、少量の花が活けられる花瓶を購入することにした。

これは気に入ったものがすぐに見つかった。漏斗を逆にしたような形で、直径八センチ、高さ六センチほどの陶製で、赤と緑を買った。これだったら花の茎の長さが十センチ以下になっても、ぎりぎりまで生かせる。二つ並べて使うとかわいい。いいものを買ったと喜んでいたのだが、あまりに口が小さいので、

「これ、どうやって洗うんだろう」

としばらくして気がついた。スポンジも指も入らない。透明ではないので、中の状況がどうなっているかわからないのも不安だった。この方法でいいのかわからないが、中に少量の洗剤と水を入れて、口を指で押さえて何回か振り、すすいで天日干しにしている。もっと便利な方法があるのかもしれない。

実家での母は、常に花を買って飾っていたようだ。活け花も習っていたし、その花瓶を含め花器の数が百個以上あったと知り、

「何でそんなにたくさんあるのか」

とびっくりした。百個はどう考えても多すぎだが、母の気持ちが何となくわかった。

この花にはどうもしっくりこない。この季節にこの花瓶はちょっと……と考えているうちに、気がつけば百個になっていたのだろう。

しかし私はもちろん百個も買わないし、あとは中間の大きさのガラス製のものと、中が見えないピッチャー型ではない陶製のものが一個ずつあればと考えている。母の月命日には花を飾ってはいる。これと思うものが見つかるまでは、家にある花瓶に少しずつ分散して、これからも花は活け続け（といってもただ花瓶の中に入れるだけだが）、花がある生活を日常にしていきたいと思っている。

本書は、二〇二一年二月に小社より刊行された
単行本を文庫化したものです。

これで暮らす

群ようこ

令和6年 1月25日　初版発行
令和6年 5月15日　再版発行

発行者●山下直久

発行●株式会社KADOKAWA
〒102-8177　東京都千代田区富士見2-13-3
電話　0570-002-301（ナビダイヤル）

角川文庫 23987

印刷所●株式会社KADOKAWA
製本所●株式会社KADOKAWA

表紙画●和田三造

●お問い合わせ
https://www.kadokawa.co.jp/（「お問い合わせ」へお進みください）
※内容によっては、お答えできない場合があります。
※サポートは日本国内のみとさせていただきます。
※Japanese text only

ISBN 978-4-04-114099-4　C0195

◆◇◇

角川文庫発刊に際して

角川源義

第二次世界大戦の敗北は、軍事力の敗北であった以上に、私たちの若い文化力の敗退であった。私たちの文化が戦争に対して如何に無力であり、単なるあだ花に過ぎなかったかを、私たちは身を以て体験し痛感した。西洋近代文化の摂取にとって、明治以後八十年の歳月は決して短かすぎたとは言えない。にもかかわらず、近代文化の伝統を確立し、自由な批判と柔軟な良識に富む文化層として自らを形成することに私たちは失敗して来た。そしてこれは、各層への文化の普及滲透を任務とする出版人の責任でもあった。

一九四五年以来、私たちは再び振出しに戻り、第一歩から踏み出すことを余儀なくされた。これは大きな不幸ではあるが、反面、これまでの混沌・未熟・歪曲の中にあった我が国の文化に秩序と確たる基礎を齎らすためには絶好の機会でもある。角川書店は、このような祖国の文化的危機にあたり、微力をも顧みず再建の礎石たるべき抱負と決意とをもって出発したが、ここに創立以来の念願を果すべく角川文庫を発刊する。これまで刊行されたあらゆる全集叢書文庫類の長所と短所とを検討し、古今東西の不朽の典籍を、良心的編集のもとに、廉価に、そして書架にふさわしい美本として、多くのひとびとに提供しようとする。しかし私たちは徒らに百科全書的な知識のジレッタントを作ることを目的とせず、あくまで祖国の文化に秩序と再建への道を示し、この文庫を角川書店の栄ある事業として、今後永久に継続発展せしめ、学芸と教養との殿堂として大成せんことを期したい。多くの読書子の愛情ある忠言と支持とによって、この希望と抱負とを完遂せしめられんことを願う。

一九四九年五月三日

角川文庫ベストセラー

老いと収納　群ようこ

マンションの修繕に伴い、不要品の整理を決めた。壊れた物干しやラジカセ、重すぎる掃除機。物のない暮らしには憧れる。でも「あったら便利」もやめられない。老いに向かう整理の日々を綴るエッセイ集！

うちのご近所さん　群ようこ

「もう絶対にいやだ、家を出よう」。そう思いつつ実家に居着いたマサミ。事情通のヤマカワさん、嫌われ者のギンジロウ、白塗りのセンダさん。風変わりなご近所さんの30年をユーモラスに描く連作短篇集！

まあまあの日々　群ようこ

もの忘れ、見間違い、体調不良……加齢はそこまでやってきているし、ちょっとした不満もあるけれど、なんとか「まあまあ」で暮らしていければいいじゃない。少し毒舌で、やっぱり爽快！な群流エッセイ集。

アメリカ居すわり一人旅　群ようこ

語学力なし、忍耐力なし。あるのは貯めたお金だけ。それでも夢を携え、単身アメリカへ！　待ち受けていたのは、宿泊場所、食事問題などトラブルの数々。あるがままに過ごした日々を綴る、痛快アメリカ観察記。

咳をしても一人と一匹　群ようこ

出かけようと思えば唸り、帰ってくると騒ぐ。しおらしさの一つも見せず、女王様気取り。長年ご近所最強のネコだったしい。老ネコとなったしいとの生活を、時に辛辣に、時にユーモラスに描くエッセイ。

角川文庫ベストセラー

ことことこーこ　阿川佐和子

離婚した香子が老父母の暮らす実家に戻ると、母・琴子に認知症の症状が表れていた。弟夫婦は頼りにならず、香子は新しく始めたフードコーディネーターの仕事と介護を両立させようと覚悟を決めるが……。

君たちは今が世界（すべて）　朝比奈あすか

6年3組の調理実習中に起きた洗剤混入事件。犯人が名乗りでない中、担任の幾田先生はクラスを見回してこう告げた。「皆さんは、大した大人にはなれない」先生の残酷な言葉が、教室に波紋を呼んで……。

見仏記　いとうせいこう　みうらじゅん

幼少時から仏像好きのみうらじゅんが、仏友・いとうせいこうを巻き込んだ、〝見仏〟の旅スタート！　数々の仏像に心奪われ、みやげ物にも目を光らせる。仏像ブームの元祖、抱腹絶倒の見仏記シリーズ第一弾。

鹿の王　1　上橋菜穂子

故郷を守るため死兵となった戦士団〈独角〉。その頭だったヴァンはある夜、囚われていた岩塩鉱で不気味な犬たちに襲われる。襲撃から生き延びた幼い少女と共に逃亡するヴァンだが!?

落下する夕方　江國香織

別れた恋人の新しい恋人が、突然乗り込んできて、同居をはじめた。梨果にとって、いとおしいのは健悟なのに、彼は新しい恋人に会いにやってくる。新世代のスピリッツと空気感溢れる、リリカル・ストーリー。

角川文庫ベストセラー

子の無い人生　酒井順子

『負け犬の遠吠え』刊行後、40代になり著者が悟った、女の人生を左右するのは「結婚しているか、いないか」ではなく「子供がいるか、いないか」ということ。子の無いことで生じるあれこれに真っ向から斬りこむ。

誰もいない夜に咲く　桜木紫乃

寄せては返す波のような欲望に身を任せ、どうしようもない淋しさを封じ込めようとする男と女。安らぎを切望しながら寄るべなくさまよう孤独な魂のありようを、北海道の風景に託して叙情豊かに謳いあげる。

砂上　桜木紫乃

守るものなんて、初めからなかった――。人生のどん詰まりにぶちあたった女は、すべてを捨てて書くことを選んだ。母が墓場へと持っていったあの秘密さえも……。直木賞作家の新たな到達点！

スウィングしなけりゃ意味がない　佐藤亜紀

1939年ナチス政権下のドイツ、ハンブルク。15歳のエディが熱狂しているのは頽廃音楽と呼ばれる〝スウィング〟だ。だが音楽と恋に彩られた彼らの青春にも、徐々に戦争が色濃く影を落としはじめる――。

バルタザールの遍歴　佐藤亜紀

ウィーンの公爵家に生まれたメルヒオールとバルタザール。しかし2つの心に用意された体は1つだけだった。やがて放蕩と転落の果てに、ナチスに目を付けられた2人は――。世界レベルのデビュー作！

角川文庫ベストセラー

時をかける少女〈新装版〉　筒井康隆

放課後の実験室、壊れた試験管の液体からただよう甘い香り。このにおいを、わたしは知っている――思春期の少女が体験した不思議な世界と、あまく切ない想いを描く。時をこえて愛され続ける、永遠の物語！

偽文士日碌　筒井康隆

後期高齢者にしてライトノベル執筆。芸人とのテレビ番組収録、ジャズライヴとSF読書、美食、文学賞選考の内幕、アキバでのサイン会。リアルなのにマジカル、何気ない一コマさえも超作家的な人気ブログ日記。

宇宙エンジン　中島京子

身に覚えのない幼稚園の同窓会の招待を受けた隆一は、ミライと出逢う。ミライは、人嫌いだった父親を捜していた。手がかりは「厭人」「ゴリ」、2つのあだ名だけ。失われゆく時代への郷愁と哀惜を秘めた物語。

眺望絶佳　中島京子

自分らしさにもがく人々の、ちょっとだけ奇矯な日々。客に共感メールを送る女性社員、倉庫で自分だけの本を作る男、夫になってほしいと依頼してきた老女。中島ワールドの真骨頂！

コミュ障探偵の地味すぎる事件簿　似鳥鶏

藤村京はいわゆるコミュ障。大学入学早々、友達作りに出遅れ落ち込んでいると教室に傘の忘れ物を見つける。だが、人と話すのが苦手な藤村は忘れ物をした状況を1人で推理して持ち主に届けようとするが!?

角川文庫ベストセラー

育休刑事（デカ）
似鳥　鶏

捜査一課の巡査部長、事件に遭遇しましたが育休中であります！　男性刑事として初めての1年間の育児休暇中、生後3ヶ月の息子を連れているのに、トラブル体質の姉のせいで今日も事件に巻き込まれ――!?

ルンルンを買っておうちに帰ろう
林　真理子

モテたいやせたい結婚したい。いつの時代にも変わらない女の欲、そしてヒガミ、ネタミ、ソネミ。口には出せない女の本音を代弁し、読み始めたら止まらないと大絶賛を浴びた、抱腹絶倒のデビューエッセイ集。

女の七つの大罪
林　真理子
小島慶子

嫉妬や欲望が渦巻く「女子」の世界の第一線を駆け抜けてきた林真理子と小島慶子。今なお輝き続ける二人の共通点は、〝七つの大罪〟を嗜んできたこと!?　輝く今を手に入れるための七つのレッスン開幕。

日本のヤバい女の子　覚醒編
著・イラスト／はらだ有彩

「昔々、マジで信じられないことがあったんだけど聞いてくれる?」　昔話という決められたストーリーを生きる女子の声に耳を傾け、慰め合い、不条理にはキレる。エッセイ界の新星による、現代のサバイバル本!

アラビアの夜の種族　全三巻
古川日出男

聖遷暦一二一三年、偽りの平穏に満ちたカイロ。訪れる者を幻惑するイスラムの地に、迫り来るナポレオン艦隊。対抗する術計はただ一つ、極上の献上品「災厄の書」。それは大いなる陰謀のはじまりだった。

角川文庫ベストセラー

キャラ立ち民俗学　みうらじゅん

オレがしてきたことは〝民俗学〟だった。エロだろうがグッズだろうが祭りだろうが、世の中にあるすべての現象が深い！　些細なコトにも鋭い視点を注ぐ、みうらじゅん的論文エッセイ。

ムカエマの世界　みうらじゅん

「アメリカ人になれますように」「私だけが幸せになりますように」――。勝手な願いばっか書きやがる〝ムカエマ〟（ムカつく絵馬）の数々を採集した抱腹絶倒漫画を始め、みうらじゅんの収集癖が炸裂した一冊。

今夜は眠れない　宮部みゆき

中学一年でサッカー部の僕、両親は結婚15年目、ごく普通の平和な我が家に、謎の人物が5億もの財産を母さんに遺贈したことで、生活が一変。家族の絆を取り戻すため、僕は親友の島崎と、真相究明に乗り出す。

お文（ふみ）の影　宮部みゆき

月光の下、影踏みをして遊ぶ子どもたちのなかにぽつんと女の子の影が現れる。影の正体と、その因縁とは。「ぼんくら」シリーズの政五郎親分とおでこの活躍する表題作をはじめとする、全6編のあやしの世界。

月魚　三浦しをん

『無窮堂』は古書業界では名の知れた老舗。その三代目に当たる真志喜と「せどり屋」と呼ばれるやくざ者の父を持つ太一は幼い頃から兄弟のように育つ。ある夏の午後に起きた事件が二人の関係を変えてしまう。